はぐれ又兵衛例繰控【七】

為せば成る

坂岡真

JN054298

双葉文庫

目次

為《な》せば成《な》る

はぐれ又兵衛例繰控【七】

察斗詰《さつとづめ》に候《そうろう》

一

　南町奉行所《みなみまちぶぎようしよ》は数寄屋橋御門《すきやばしごもん》内にある。東向きの正門は番所櫓《ばんしよやぐら》付きの長屋門《ながやもん》で、黒い渋塗《しぶぬ》りの板塀《いたべい》と白漆喰《しろしつくい》の海鼠壁《なまこかべ》との対比が美しい。はじめて目にする者はそそり立つ権威の壁に圧倒され、おもわず頭《こうべ》を垂れてしまうにちがいない。

「おはようござりまする」

　誰に言うでもなく低声《こごえ》で挨拶《あいさつ》し、裃姿《かみしもすがた》の平手又兵衛《ひらてまたべえ》は御門を潜《くぐ》った。

　御門内に一歩踏みだせば、突きあたりの玄関式台まで六尺幅の青板がまっすぐにつづいている。青板の周囲には粒の揃《そろ》った那智黒《なちぐろ》の砂利石《じやりいし》が敷きつめられ、かならず打ち水がなされており、歩いていると清々《すがすが》しい気持ちになった。

　左手には白洲《しらす》との境を分かつ高い白壁が築かれ、天水桶《てんすいおけ》が白壁に沿って裾野《すその》の広い富士山《ふじさん》のように積まれている。暦《こよみ》は立冬《りつとう》、紅葉《もみじ》は見頃を迎えつつあり、澄《す》みわたった空気を胸腔《むね》いっぱいに吸えば寿命が少しだけ延びたように感じられた。

玄関の大屋根は朝陽に煌《きら》めき、式台に近づけば檜《ひのき》の香りが漂ってくる。

襟《えり》を正して階段を三段あがり、塵《ちり》ひとつない玄関の敷居をまたいだ。履き物を揃えて廊下へ踏みだせば、さあ今日も一日つつがなくお役目を全《まっと》うしようなどと、殊勝《しゅしょう》にも胸の裡《うち》に決意めいたものが湧《わ》きあがってくるものの、長つづきはしない。

「はぐれめ、まだ生きておったか」

と、かならず誰かに声を掛けられる。

にやつきながら近づいてきたのは、みなから「鬼左近《おにさこん》」と恐れられている吟味《ぎんみ》方筆頭与力《かたひっとうよりき》の永倉左近《ながくらさこん》であった。

「あいかわらず、豆腐《とうふ》のような面《つら》をしおって。細目の内与力《うちよりき》に、たいそう気に入られておるようではないか。たまにはこっちの酒席にも顔を出し、愛想《あいそ》笑いのひとつも浮かべてみせよ。ふん、できぬであろうな、おぬしには。くそおもしろうもないはぐれ者には、来《こ》し方《かた》の類例《るいれい》をほじくり返す例繰方《れいくりかた》がお似合いよ。御調《おしらべ》帳《ちょう》をごっそりまわしておいたゆえ、ちゃっちゃと書面をつくるがよい」

鬼左近は乾《かわ》いた嗤《わら》いを残し、廊下の向こうへ遠ざかる。

内与力の沢尻玄蕃《さわじりげんば》を以前から毛嫌いしており、近頃は対抗心を剝《む》きだしにする様子があからさまになってきた。

ところで、豆腐のような面とは、のっぺらぼうのことであろうか。

釈然《しやくぜん》としないおもいを抱えながらも、又兵衛は御用部屋の襖《ふすま》を開けた。

敷居の端に散乱する冊子の束《たば》は、部屋頭《へやがしら》の中村角馬《なかむらかくま》が持ちこんだ例類集《れいるいしゆう》であろう。

物が散らかっていても平気な相手とは、なるべくなら関わりたくはなかった。

脱いだ履き物は他人のぶんまで揃えねば気が済まぬし、例類集や裁許帳《さいきよちよう》もかならず角と角を合わせて積む。硯《すずり》や筆なども小机のうえに置くところが決まっており、あるべきところにきちんと置かれておらぬと気持ちが悪くて仕方ない。

例繰方は罪状の類例を幕初まで遡《さかのぼ》って集め、効率よく整理しなければならない。おのれほどこのお役目に向いている与力はおらぬなと、今さらながらにおもう。

七千余りからなる例類集の一言一句まで漏らさずに諳《そら》んじられるのも、そうせねば落ちつかぬという癖《へき》によるものだ。ともあれ、地味で目立たぬ例繰方こそが、もっとも落ちつく居場所にちがいなかった。

「おう平手、ちょうどよいところに来た。内与力の沢尻さまから、至急に調べよとの仰《おお》せでな」

中村角馬は掛け値無しの小心者、上役の顔色ばかり伺《うかが》う蛙《かわず》与力《よりき》である。

又兵衛が「はあ」と気のない返事をしても、かまわずに早口で喋《しゃべ》りつづけた。

「ほれ、他人の妻女《さいじょ》に文《ふみ》をしたため、磔《はりつけ》になった町人がおったであろう。懸想《けそう》の罪に問われた大間抜けよ。あれは誰であったかな」

「薬種問屋《やくしゅどんや》の手代《てだい》で名は佐平《さへい》、十五年前の霜月《しもつき》に裁《さば》かれた吟味筋の一件にございます」

「おう、それそれ」

十五年前と申せば文化《ぶんか》四（一八〇七）年、大勢の見物客の重みに耐えかねた永《えい》代橋《たいばし》が崩落《ほうらく》し、葉月《はづき》の深川祭《ふかがわまつり》に繰りだそうとした者たちが五百人余りも亡くなった。又兵衛はそのとき二十四歳、吟味方の与力であった父の後を継《つ》ぐべく、見習い与力として出仕《しゅっし》したばかりの頃で、地獄絵のような惨状は今でも瞼《まぶた》の裏に焼きついている。

同じ年の霜月、佐平は小塚原《こづかっぱら》の刑場で磔になった。もちろん、又兵衛は立ちあっておらぬが、当時の裁許帳に目を通したことがあるので、竹矢来《たけやらい》の内を覗《のぞ》いてきたかのごとく、刑場の露《つゆ》と消えた手代の最期を語ることができる。

「何故《なぜ》、懸想文《けそうぶみ》ごときで磔にされたのだと、沢尻さまは仰せでな」

首をかしげたくなるのはわかる。佐平は吟味方による下役糺《したやくただし》で、懸想文を送った相手が他人の妻女とは知らなかったと訴えた。本人の訴えを信じれば、取引先へ新しく奉公することになった下女を見初《みそ》め、素直な恋情《おもい》を文にしたためただけのはなしだ。にもかかわらず、死罪や獄門《ごくもん》より厳しい磔にされたのである。理由を探りたくなるのは当然だろう。

「佐平の訴えは通りませんでした。来し方の類例にしたがえば、懸想文を送っただけでも密通《みつつう》とみなされ、相手が他人の妻女であれば死罪となります」

死罪となれば、斬首された死体は様斬《ためしぎ》りにされ、家財はことごとく没収される。これだけでも重い罰だが、佐平は一等重い生首晒《なまくびさら》しの獄門でもなく、二等重い磔にされた。キの形に組んだ磔台に縛られ、素槍《すやり》で左右から三十数度も胸や腹を突かれたのである。これほど残酷な刑に処せられるのは、親殺しか元の主人殺し、あるいは師匠殺しくらいしかない。

懸想文をしたためただけの手代が受ける罰にしては酷《ひど》すぎるのではないかと、又兵衛も帳面を読んで実感したのをおぼえている。

されど、佐平の一件については、文を送った相手が悪かった。ただの下女ではなく、じつは零落《れいらく》した元旗本の娘で、しかも、離縁されたはずの夫から離縁状を貰《もら》っていなかった。夫は三百俵取りの書院番《しょいんばん》で、うっかり離縁状を渡したものとおもいこんでいたらしい。

　みすぼらしい形《なり》をした下女は、旗本の歴《れっき》とした妻女とみなすしかなかった。しかも、その妻女が懸想文を読んですぐさま、自刃《じじん》を遂《と》げていたのだ。理由は判然とせぬが、武家としての意地を通したものと察せられた。手代ごときに恋慕《れんぼ》されては生《い》き恥《はじ》を晒すようなものだとおもったのかもしれない。

「佐平は身分ちがいの武家の妻女に懸想し、恋情《おもい》を文にしたためたあげく、妻女を死に追いやった。なるほど、情状酌量《じょうじょうしゃくりょう》の余地はなく、磔の沙汰《さた》を下すしかなかったというわけか」

「いかにも」

　佐平を裁いた当時の南町奉行は、名奉行との誉《ほま》れも高い根岸肥前守鎮衛《ねぎしひぜんのかみやすもり》であった。根岸の裁定に異を唱《とな》える者などあろうはずもなく、哀れな手代は悲惨な末《まっ》路《ろ》をたどらざるを得なかった。

「誰かを好きになるのも命懸《いのちが》け、というはなしだな」

　中村はひとりで納得し、何度もうなずきながら部屋を出ていく。

各々《おのおの》の小机に向かって座る同心たちは、ぽかんと口を開けてはなしを聞いていたが、又兵衛がこほっと空咳《からせき》を放つや、一斉に顔をさげた。

こうして、町奉行所の長い一日がはじまるのである。

又兵衛は窓際に面した小机に向かい、袴《はかま》の裾をしゅっと伸ばしてから膝《ひざ》をたたんだ。

小机の左上には、吟味方からまわされてきた御調帳が山と積まれている。御調帳には訴えの内容や処すべき罪状が事細かに記され、捕まった者たちの口書《くちがき》も何十枚と添えてあった。

これらを効率よくまとめて優先順位を定め、類例に照らして各々の罪状を確定させ、御奉行が下す御沙汰《おさた》の下書きを推敲《すいこう》せねばならぬ。

ともかく、紙に関わる仕事は忙《せわ》しない。遠島《えんとう》より重い罰を科すためには老中への上申書《じょうしんしょ》も作成せねばならぬため、目と筆を常のように動かさねば追いつかず、鼻毛を結びながら日がな一日のんびりと過ごすわけにはいかなかった。

さっそく右上の角に硯と筆を配し、墨を摺《す》りながら午前中に目を通しておくべき御調帳の仕分けについて考慮していると、部屋頭の中村がひょっこり戻ってきた。

「平手、沢尻さまがお呼びだ」

「えっ」

ぶっきらぼうな物言いに、ささやかな抵抗をこころみる。

当然のことながら、内与力の御用部屋なんぞに足労《そくろう》したくはない。されど、行かずに済ませられるはずもなかった。

おおかた、中村では用を為《な》さぬと判断されたのだろう。

いつものことゆえ、驚きもせぬが、引き攣《つ》った部屋頭の顔をみるのも忍びなく、又兵衛は下を向いて素早く部屋から抜けだすと、南西の端にある御用部屋をめざして、磨きこまれた廊下を滑るように渡っていった。

二

南町奉行の筒井伊賀守政憲《つついいがのかみまさのり》は昌平黌《しょうへいこう》きっての秀才と評された人物で、将軍の世嗣家慶《せいしいえよし》に儒学《じゅがく》を講義したこともあった。

内与力の沢尻玄蕃は伊賀守の懐刀《ふところがたな》と目されているのだが、気難しくて何を考えているのかわからぬせいか、鬼左近などの古参とは相性がすこぶる悪く、奉行所内で反目《はんもく》していると言っても過言ではない。

　又兵衛は誰の派閥にも属さず、人と人とのしがらみをまったく意に介さぬため、沢尻としても使いやすいのだろうが、それならそれで淡々《たんたん》と応じるだけのはなしで、別に好かれたいともおもわなかった。

　むしろ、嫌われて呼ばれなくなるのを期待しながら、導かれるがままに襖を開けて膝行《しっこう》する。

　畳に両手をついて顔をあげると、さっそく、糸のような細い目で睨《にら》まれた。

「池之端《いけのはた》のとも〳〵屋を存じておるかと聞いたら、中村角馬は知らぬとこたえた。それで例繰方の部屋頭がよくつとまるなと叱《しか》ったら、あやつめ、へらへら笑ってごまかしおった。つぎからは、おぬしが伺候《しこう》せよ」

「はあ」

「嫌なのか」

「いいえ」

　沢尻は手許《てもと》に丸火鉢《まるひばち》を引きよせ、火箸《ひばし》で炭を転がしはじめる。

　熾火《おきび》が火花を散らすと、湯を沸《わ》かして茶でも呑《の》むつもりなのか、銅壺《どうこ》に小振りの鉄瓶《てつびん》を置いた。

「ところで、とも〳〵屋は存じておろうな」

「主人の名は辰吉《たつきち》、半年前に妾殺《めかけごろ》しを訴えた筆屋にございます」

「そうじゃ」

訴えられたのは手代の清五郎《せいごろう》、捕まってからも罪をみとめようとせず、妾を殺していないと言い張ったものの、吟味方は動かしがたい証《あか》しをふたつ摑《つか》んでいた。

ひとつ目は、清五郎が妾のおひでに宛てたという懸想文である。

「何と書かれておった」

「ともにいきたし常世《とこよ》まで　清五郎……さように記されておったかと」

「ふむ。筆跡はあきらかに、清五郎のものであったな」

懸想文を書いたおぼえはないが、本人も筆跡だけは自分のものとみとめている。

主人の妾は内儀《ないぎ》と同等にみなされるので、奉公人が懸想文をしたためたとなれば、それだけでも死罪は免《まぬが》れない。しかも、痴情《ちじょう》の縺《もつ》れなどが原因で殺《あや》めたとなれば、二等重い磔に処せられる運命にあった。

十五年前に懸想文をしたためただけで磔となった手代の一件は、なるほど、清五郎を裁く際に添付すべき類例となるにちがいない。

沢尻は鉄瓶の蓋《ふた》に触れ、あちっと低く漏らす。

そして、あらかじめ支度してあった急須《きゅうす》に湯を注ぎ、何事もなかったかのように問うてきた。

「ふたつ目の証しとは何じゃ」

「妾が殺められた直後、妾宅《しょうたく》で清五郎を目に留めた岡っ引きがおりました」

名はたしか茂平次《もへいじ》、潮吹《しおふ》きの綽名《あだな》を持つ上野黒門町《うえのくろもんちょう》の十手持《じっても》ちである。茂平次の証言によれば、清五郎は出刃包丁《でばぼうちょう》が胸に刺さった妾のかたわらで、両手を血に染めたまま座っていたらしい。

吟味方はふたつの確たる証しから、妾殺しは清五郎によるものと断じ、早々に口書を取って磔台へ送りこむ腹でいた。ところが、清五郎は頑《かたく》なに罪をみとめず、笞打《むちう》ちや石抱きや海老責《えびぜ》めといった過酷な責め苦に耐えつづけた。

「牢暮《ろうぐ》らしは九十日におよび、牢問《ろうど》いは五回ほどおこなわれたと伺いました」

それ以降の音沙汰《おとさた》はない。罪を疑われた者が牢問いで亡くなれば、内輪の役人にも詳細は告げられず、死にいたる経過はうやむやにされる。そのため、清五郎は三月《みつき》前に死んだものと勝手に解釈していた。

「いいや、生きておる。牢問いは半年で十二回におよんだ。されど、清五郎はいまだに口を割ろうとせぬ」

「まことにござりますか」

生きているだけでも驚きだが、一貫して罪をみとめぬ気持ちの強さに感服せざるを得ない。

ひょっとしたら、妾を殺しておらぬのではないか。

吟味方を敵にまわすような考えが、一瞬、脳裏《のうり》を過《よ》ぎった。

ずずっと、沢尻は茶を啜《すす》る。

いつの間に、茶を淹《い》れていたのだろうか。

どっちにしろ、自分だけ呑むつもりのようだ。

「吟味方の永倉左近め、牢問いだけでは埒《らち》があかぬゆえ、吊責《つるしぜ》めにしたいそうだ」

笞打ち、石抱き、海老責めまでは、吟味方の裁量でおこなってもよいことになっている。だが、もっとも過酷な吊責めは拷問《ごうもん》の扱いとなるため、町奉行から老中へ伺いを立てねばならない。

「まんがいち、吊責めでも口を割らぬときは」

「察斗詰《さつとづめ》にございますか」

「そうじゃ。おぬしもわかっておろう、察斗詰は負けを意味する」

誇り高き吟味方にしてみれば負けをみとめたくはなかろうし、御奉行にとっても察斗詰は苦渋《くじゅう》の決断となろう。だが、町奉行所は膨大《ぼうだい》な案件を抱えている。

ひとりの罪人に関わってばかりもいられない。口書を取ることができずとも、誰もがみとめる証しさえ揃っていれば御沙汰を下すしかないのである。

沢尻は茶碗を置き、こちらに向きなおった。

「今の時点で例繰方にできるお役目は何じゃ」

「吊責めの伺いを作成することにございます」

「さよう。なれど、御老中から吊責めのお許しを得るまえに、妾殺しそのものを見直す必要があるかもしれぬ」

「と、仰《おっしゃ》いますと」

「気になるのは、潮吹きの茂平次なる岡っ引きの訴えじゃ。何故《なにゆえ》、黒門町の岡っ引きが木場《きば》の妾宅を覗きにいったのか」

「妾の浮気を疑った主人に様子伺いを頼まれた。たしか、御調帳にはさように記されてあったかと」

「たしかに、そう記されてあるな」

沢尻は帳面を捲《めく》り、軽くうなずいてみせる。

又兵衛は膝を寄せた。

「もしや、沢尻さまは茂平次のことばを疑っておいでなのですか」

「そもそも、潮吹きという綽名が気に食わぬ」

「えっ」

潮吹きとはひょっとこのことだ。おそらく、茂平次は口の曲がった男なのだろうが、外見だけで嘘《うそ》を吐《つ》いていると断定はできない。

「それだけではないぞ。懸想文についても、清五郎はしたためたおぼえがないと申しておるゆえな」

「妾に懸想しておらなんだと仰せですか」

「それはわからぬ。されど、何か裏がありそうな気がしてな」

「裏」

「臭《にお》わぬのか。だとすれば、中村とどっこいどっこいの鈍《にぶ》さだな」

それだけは勘弁願いたい。

「おことばですが、沢尻さま、どれだけ疑いがおありでも、例繰方にできることはござりませぬ」

「そうでもあるまい。内与力のわしが内々に命じれば、例繰方であっても疑わしき吟味筋の調べ直しはできよう」

沢尻は美味《うま》そうに茶を啜り、薄く笑ってみせる。

半年も経過した案件を、ひっくり返すつもりなのだろうか。

そのようなことをすれば反撥《はんぱつ》を招くのは必至だし、清五郎の無実が証《あか》し立《だ》てでもされたあかつきには、吟味方の面目《めんぼく》は丸潰れとなり、筆頭与力の鬼左近は針の筵《むしろ》に座らされてしまう。

まさか、それが狙いなのか。

沢尻が日頃の鬱憤《うっぷん》を晴らすべく、隠密《おんみつ》めいたまねを強《し》いるつもりなら、断固として拒《こば》むしかなかった。

そのつもりで身構えると、沢尻は背筋を伸ばし、正義のはなしをしはじめる。

「よいか、われら町奉行所の役人にとって、信じるべき正義とはただひとつ、事の真実をあきらかにし、満天下に知らしめることじゃ。罪もない善人があらぬ疑いを掛けられて死んでいく。さようなことが許されてよいはずもなかろう」

ごもっともな意見だが、心にまったく響いてこない。

沢尻は幾度となく、町奉行所の威信や体裁《ていさい》を守るためなどと言いながら、真実をないがしろにしてきた。いざとなれば、平気で梯子《はしご》を外すにちがいない。今さら「正義」を持ちだされても、鼻白《はなじろ》むだけのはなしだ。

「永倉は連日のごとく、早う吊責めをさせよとせっついてくる。吊責めさえいたせば、清五郎は罪をみとめるとおもいこんでおるのだ。されど、十二回も責め苦に耐えた者が容易に口を割るとおもうか。清五郎が半年も生きのびておる理由はひとつしかない。妾を殺《や》っておらぬからじゃ。永倉も薄々は勘づいておる。されど、今さらあとに引けぬのじゃ。吟味方が動かぬと申すなら、このわしがひと肌脱ぐしかなかろう」

何故にという問いが、脳裏に点滅する。何故、内与力の配下でもない例繰方の平与力を手足のごとく使おうとするのだ。

「のう、平手よ、調べ直しは今からでも遅くはなかろう」

いいや、充分に遅い。吟味方でもない者が横槍《よこやり》を入れただけで、鬼左近は怒り狂うはずだ。

「ばれぬようにいたせばよかろう。わしはな、永倉を助けてやろうとおもうておるのじゃ。御老中の目に触れた案件が察斗詰《さっとづめ》の直前でひっくり返りでもすれば、永倉左近は腹を切らねばならぬかもしれぬ。のう、おぬしとて、有能な吟味方筆頭与力をあたら死なせたくはあるまい」

永倉に恩を売るための企《くわだ》てなのだろうか。

「十五年前、薬種問屋の手代は懸想文をしたためただけで磔になった。何とも悲しい結末ではないかと、御奉行はお嘆《なげ》きでな。詮無《せんな》き仕置きではあったが、二度とさような悲劇を繰りかえしてはならぬと、涙ながらに仰せになったのじゃ」

沢尻は立ちあがり、棚の奥から空の湯呑《ゆの》みを引っぱりだした。

湯呑みの底にふっと息を吹きかけ、急須に入れた出涸《でが》らしの茶を注ぎはじめる。

「こたびは、筆屋の手代が磔にされかかっておる。殺めたいほど妾に惚《ほ》れていたのならば、素直に罪をみとめておるはずじゃ。人を好きになるのも命懸け、好いておらぬと言い張るのも命懸け。平手よ、世の中とはままならぬものよな」

「はあ」

「まあ呑め。遠慮いたすな」

出涸らしの茶を強引にすすめられ、仕方なく又兵衛は湯呑みをかたむけた。

うっ、苦い。

あまりの苦さに口角が下がった。

「ふふ、さもあろう」

沢尻は細い目で笑い、すっと横を向いた。

用事は済んだと態度でしめされ、溜息《ためいき》を吐《つ》きたくなる。

又兵衛は中腰で後退《あとずさ》り、仄《ほの》かに茶葉の香る御用部屋から廊下へ逃れた。

三

調べ直しの猶予《ゆうよ》はそれほどない。せいぜい、五日ほどであろうか。

五日動いて駄目なら、清五郎には申し訳ないが、あきらめるしかなかろう。

沢尻は柄《がら》にもなく、捕り方の「正義」を説《と》いた。口に出せばそれだけ安っぽくなることばのひとつだが、又兵衛も町奉行所の役人であるかぎり、事の真実をあきらかにせんとする信念は捨てたくない。おかげで厄介事《やっかいごと》を引きうけてしまったのかもしれなかった。

「どうして拒まぬ」

おのれに問うたところで、明確なこたえはみつかりそうにない。じつは半年前、御調帳に目を通した際、無実の臭いを感じとっていた。沢尻が奇《く》しくも、そのときのざらついた気持ちをおもいださせてくれたのだ。

もちろん、腰は引けている。鬼左近の顔がちらついた。「虫螻《むしけら》め、何故、おぬしごときが横槍を入れる」と、鬼の形相《ぎょうそう》で問われたら、返答に窮《きゅう》してしまうだろう。まさか、正義を守るためだとは言えまい。

あれこれ悩みながら帰路をたどり、楓川《もみじがわ》に架かる弾正橋《だんじょうばし》の手前までやってきた。

橋を渡れば拝領屋敷《はいりようやしき》のある八丁堀《はつちようぼり》だが、ひょいと左手に向きを変え、常盤《ときわ》町《ちよう》の片隅まで歩《ほ》を進める。

——鍼灸揉み療治《しんきゆうもみりようじ》　長元坊《ちようげんぼう》。

露地裏《ろじうら》の片隅に、金釘流《かなくぎりゆう》の墨文字で書かれた招牌《まねき》が立っていた。

幼馴染《おさななじ》みの長元坊は元破戒坊主《はかいぼうず》、喧嘩《けんか》っ早くて腕っぷしが強く、出自《しゆつじ》のちがいなど気にせずに愚痴《ぐち》を聞いてもらえる唯一の相手だ。

本名は長助《ちようすけ》だが、本人は隼《はやぶさ》の異称で呼べと言う。

長元坊は鼠《ねずみ》や小鳥を捕食するものの、鷹《たか》狩りには使えない。偉そうな輩《やから》を毛嫌いする鍼医者《はりいしや》には、なるほど、人の意のままにならぬ猛禽《もうきん》の異称が似合っている。

敷居をまたぐと、嗄《しや》れた喘《あえ》ぎ声が聞こえてきた。

「邪魔するぞ」

土間を覗くと薄縁《うすべり》のうえに、肋骨《あばらぼね》の浮きでた爺さまが顔やからだに鍼を刺され、仰向《あおむ》けに寝かされている。針鼠《はりねずみ》と化した爺さまのかたわらでは、大柄な坊主頭の鍼医者が懇々《こんこん》と鍼治療の真髄《しんずい》を説いていた。

「経絡《つぼ》を開いて血の流れをよくしてやれば、痛みや辛《つら》さは嘘のように消える。生きながらにして極楽往生《ごくらくおうじょう》できるってわけさ。なあ、爺さま、もうちょっとの辛抱《しんぼう》だぜ」

長元坊は長太い鍼を摘《つ》まむと、爺さまの下帯を外して陰部を晒す。

「ほえ、立派ないちもつを持ってんじゃねえか、なあ」

「……か、勘弁してくれ」

「小便の出が悪《わ》りぃんだろう。だったら、泣き言を言わず、おれさまに下駄《げた》を預けろ。何も、煮て食おうってわけじゃねえ。煮ても食えねえだろうしな、へへ」

臍《へそ》の下二寸のあたりに触れるや、長元坊はぶすっと鍼を刺す。

「こいつは石門《せきもん》だ。門を開けば、通りづらいものも通るようになる」

さらに一寸刻《きざ》みで下へ向かい、関元《かんげん》、中極《ちゅうきょく》、曲骨《きょくこつ》といった経絡《つぼ》の名を口ずさみつつ、寸分の狂いもなく鍼を打っていく。

そのたびに、爺さまは「うっ」と苦しげに呻《うめ》いた。

「仕上げはここ、会陰《えいん》よ」

いちもつと肛門のあいだ、前陰《ぜんいん》と後陰《こういん》の出会うところに、どうやら、小便を流す最大の経絡が潜《ひそ》んでいるらしい。

指で触れられた爺さまは、驚いた鶏《にわとり》のように眸子《まなこ》を瞠《みは》る。

「……そ、そんなところに、鍼をぶっ刺すのけえ」

「そうよ。極楽往生させてやらあ」

長元坊は言うが早いか、迷いもみせずに鍼を打った。

「のひぇっ」

爺さまは白目を剝き、手足をぴくぴく痙攣《けいれん》させる。

「大袈裟《おおげさ》なやつだなあ。鍼を抜いてやっから、じっとしてろ」

そこへ、雄《おす》の三毛猫《みけねこ》が音も無く近づいてくる。

又兵衛が「長助」と名付けた野良猫だった。

土間の片隅には、鮪《まぐろ》の切り身が置かれた平皿がある。

長助は平皿を悠然《ゆうぜん》とまたぎ、大きく欠伸《あくび》をしてみせた。

「鮪なんぞは食えねえってか。ふん、贅沢《ぜいたく》な野郎だぜ」

爺さまが粗末な着物を羽織《はお》り、よたよたと外へ逃れていった。

床には治療代なのか、小松菜《こまつな》や葱《ねぎ》や大根を載せた笊《ざる》が置いてある。

「どうした又、悩みでもあんのか」

「別に。葱鮪鍋《ねぎまなべ》を食いにきただけさ」

「かまわねえぜ。おめえが訪ねてくる頃合いだとおもってな、塩鮪を多めに仕込んでおいた」

一尾《び》を鉈《なた》でぶつ切りにした「塩鮪」は、煮るか焼くかのどちらかしかない。葱鮪鍋は文字どおり、脂《あぶら》の多い部位を角切りにし、輪切りにした葱ともども、塩《しお》醤油《しょうゆ》で味付けした汁鍋にぶっこんで煮る。豪快な漁師鍋だが、入れる鮪によって塩加減の調整が存外に難しい。長元坊のつくる葱鮪鍋は絶品だった。

「まあ呑め、どうせ安酒さ」

湯呑みに注がれた冷や酒を、くっと一気に呷《あお》った。

「おっと、めずらしいな。悩みが深《ふけ》えとみえる」

「わかるか」

「わかるさ、おめえのことなら尻の穴までな」

わかってほしくはないが、いつも以上に心強いことばに聞こえた。

長元坊は立ちあがり、ぐつぐつ煮立った鍋を運んでくる。

三毛猫の長助が物欲しそうに、まとわりついてきた。

「猫舌のおめえに鍋は無理だ。鮪の骨でもしゃぶってろ」

長助はことばがわかるのか、尻を向けてとぼとぼ行ってしまう。

「ほらよ。勝手によそって食え」

鍋から椀に汁を盛り、湯気といっしょに啜る。

「熱っ、美味《うま》っ」

「ふん、あたりめえだ」

ほどよく煮えた鮪と葱も食べ、ひと息ついたところで切りだした。

「半年前の件だ。妾殺しでお縄になった手代をおぼえているか」

「たしか、筆屋の手代だったな。いっしょに逃げようと誘ったのに断られ、切羽《せっぱ》詰《つ》まったあげく、妾を出刃包丁で滅多刺しにしちまったんだろう」

「世間では、そういうはなしになっておるのか」

「ちがうってのか」

「少なくとも、手代の清五郎は自分が殺ったとみとめておらぬ」

「おいおい、手代が捕まったな、半年前だろう。即刻、打ち首になったんじゃねえのかよ」

「今も生きている。十二回の牢問いにも耐えぬいてな」

「へえ、そいつはすげえや。手代が殺ってねえとなりゃ、ちょっとした騒ぎになるぜ。町奉行所の面目は丸潰れ、吟味方の連中は世間の笑いものになるかもな……えっ、まさか、そいつを証し立てしようってはなしじゃあんめえな」

「そのまさかだ。内与力の沢尻さまに命じられた」

「どうして。細目と鬼左近の内輪揉《うちわも》めか」

「さあ、知らぬ」

「それにしても、何でおめえなんぞに。奉行所内じゃ、使いものにならねえ例繰方で通ってんだろう。ついでに言えば、はぐれ者のおめえは、上からも下からも鬱陶《うっとう》しい目でみられている。そんなやつに、どうして調べ直しをさせるんだ」

「そんなやつだから、頼みやすいのかもしれん。ともかく、厄介なはなしさ」

「と、言いながらも、おめえは細目の頼みを拒まなかった。手代が妾を殺ってねえと踏んじまったからじゃねえのか……ほうら、黙った。やっぱりそうか。それで、何処《どこ》から調べるつもりだ」

さすがに尻の穴までわかっている。長元坊は身を乗りだした。

又兵衛は銚釐《ちろり》を摘まみ、欠け茶碗に冷や酒を注いでやる。

「清五郎の手が血で染まっていたと、岡っ引きが訴えた。潮吹きの茂平次という岡っ引きだ」

「知っているぜ。黒門町のあたりを縄張りにする野郎だな」

「小悪党か」

「例に漏れず、袖《そで》の下《した》の常習さ。北町奉行所《きたまちぶぎょうしょ》の定廻《じょうまわ》りとつるんで、女郎屋のけつ持ちなんぞもやっているってはなしだ」

「定廻りの名は」

「牛尾平内《うしおへいない》さ。内勤のおめえでも知ってんじゃねえのか」

「名だけはな。たしか、香取神道流《かとりしんとうりゅう》の免状《めんじょう》持《も》ちだ」

「おめえといっしょじゃねえか。奥義は抜きつけの剣だな。へへ、どっちが高く跳べるかの勝負だぜ」

「止めろ、気が早すぎる」

「ああ、まずは潮吹きのほうだ」

「ともへ屋の主人の顔も拝《おが》んでおきたい」

「合点承知之助《がってんしょうちのすけ》、手伝ってやっから酒を注げ」

「ほらよ」

注ぎつ注がれつしながら安酒を呑み、又兵衛は葱鮪鍋の残りを平《たい》らげる。

すっかりからだが温まったところで立ちあがり、野良猫の長助に見送られながら療治所《りょうじしょ》をあとにした。

四

八丁堀の拝領屋敷に戻り、冠木門《かぶきもん》を潜って忍び足になった。

まだ宵《よい》の口《くち》だが、老《お》いた義父母は寝床にはいったにちがいない。

昨年の霜月に静香《しずか》を嫁に迎え、おもいがけず義父母も引き取ってからは何かと気を使っている。独り身は気楽だが、家族を持つのも悪くない。何しろ、暮らしに張りが出てきた。

「つぎは子だな」

いつも焚《た》きつけてくるのは、剣術師匠の小見川一心斎《おみがわいっしんさい》である。深川《ふかがわ》の猿江町《さるえちょう》から散策がてら訪ねてきては偉そうなことを言い、おぬしもようやく一人前になったのうと眸子を細めた。

鬱陶しい師匠だが、静香との縁を結んでもらった恩がある。昨年の梅雨《つゆ》頃、零落した旗本の娘に会ってみろと、一心斎から強引に見合いをすすめられたのだ。見合いどころか、囚《とら》われていたところを助けだすというおもわぬ出会いであったが、ひと目で気に入り、はなしの流れで屋敷に住まわせることになったものの、引っ越しの当日になって、亡くなったとばかりおもっていた双親《ふたおや》がくっついてきた。

その場で拒むこともできたが、そうしなかったのは、心のどこかに所帯を持って落ちつきたいという願望があったからだろう。

義父の都築主税《つづきちから》は家禄《かろく》三千石の元小十人頭《こじゅうにんがしら》、配下の横領が発覚したため、連座《れんざ》の責を負って役目を辞した。近頃はまだら惚《ぼ》けが進み、妻や娘の顔さえ忘れてしまうこともある。気位《きぐらい》の高い大身《たいしん》旗本の名残《なごり》だけは引きずっており、又兵衛を槍持《やりも》ちの従者だとおもいこんでいた。

それでも、行きつけの湯屋《ゆや》に連れていけば、心の底から嬉しそうな顔をする。

十年余りまえに亡くなった実父をおもいだし、できなかった親孝行の代わりをしているとおもえば、奇妙な縁に感謝したくもなった。

表口に近づくと、ぽっと行燈《あんどん》の灯《ひ》が点《とも》る。

戸を開けて敷居をまたげば、上《あ》がり端《ばな》に静香が正座していた。

「お帰りなされませ。お役目ご苦労さまにござりました」

「ふむ、晩飯は済ませてきた」

「葱鮪鍋にござりますか」

「ようわかったな」

「肌寒い晩は、葱鮪鍋にかぎりましょう」

物言いに棘《とげ》がある。ほんとうは、家の者みなで夕餉《ゆうげ》をとりたいのだろう。

雪駄《せった》を脱ぐと、静香は左右の袂《たもと》を重ねて差しだした。落ちぶれて賄《まかな》いの下女奉公をしていた時期もあったが、生まれついての武家娘だけに所作《しょさ》は堂《どう》に入《い》っている。

又兵衛は大小を鞘《さや》ごと抜き、袂のうえに置いた。

「おふたりは、お休みになったのか」

「母はまだ」

「ほう、めずらしいな」

「何やら書き物を。わずかでも生活《たつき》の足しになればと、内職をはじめるのだとか」

「余計な気遣《きづか》いだな」

薄給なだけに、本音を言えばありがたい。

「沢尻さまの御母堂《ごぼどう》さまから、お誘いいただいたそうです」

「何っ、沢尻さまの」

部屋の手前で、足を止めて振りかえる。

半歩遅れて従《つ》いてきた静香は、小首をかしげてみせた。

「半月ほどまえから、親しくしていただいているようで。あの、沢尻さまはお偉い方なのですか」

「御奉行の懐刀と目される内与力だ」

「まあ、存じあげませんでした」

部屋にはいり、着替えをしながら問うた。

「義母上《ははうえ》は書き物が得手《えて》なのか」

「書道の師範をしておりました。しかも、戯作《げさく》を読むのが大好きで」

「ほう、知らなんだな」

「内職は懸想文の代書《だいしょ》ではないかと」

「何っ、確かなのか」

懸想文と聞いて、過剰《かじょう》に反応してしまう。

静香は不思議そうな顔で応じた。

「母が推敲した文の切れ端を盗み見てしまいました」

「何と書かれてあった」

「『ともにいきたし地獄まで』と」

「まことか」

「やはり、懸想文でまちがいないかと」

「ふうむ」

又兵衛は低く唸《うな》った。

脳裏に浮かんだのは、清五郎が妾のおひでにしたためたとされる懸想文の文言にほかならない。

――ともにいきたし常世まで。

常世が地獄に変わっただけで、中味はいっしょではないか。

偶然であるはずはなかろう。

どうして、こんなところで結びついてしまうのか。

亀《かめ》を代書の内職に誘ったのは、沢尻の母親である。沢尻はそれを知り、危惧《きぐ》しているのかもしれない。そうだとすれば、厄介事を命じてきた裏には私《わたくし》の事情が潜んでいるのではないかと、勘ぐらざるを得なかった。

「ちと、義母上とはなしができようか」

又兵衛の申し出に、静香はうなずいた。

「されば、呼んでまいりましょう」

「いや、こちらから伺うとお伝えしてくれ」

「かしこまりました」

しばらくしてから奥の部屋を訪ねてみると、義母の亀が申し訳なさそうな顔でお辞儀をする。

「もしや、懸想文の代書は法度《はっと》に触れるのでしょうか」

「触れませぬ、ご安心くだされ。ところで、沢尻さまの御母堂さまとは、以前から親しくされておいでなのですか」

「鶴《つる》さまには、お薬師《やくし》さんの菊市《きくいち》でお声を掛けていただきました」

「御母堂さまは、鶴さまと仰るのですか」

「ええ、そうですけど」

鶴と亀が菊のはなしで意気投合し、親しく挨拶を交《か》わす間柄になったのだ。

「すると、重陽《ちょうよう》の節句《せっく》あたりからですね」

「ええ」

知りあってひと月ほど経《た》ってから、代書の内職に誘われたらしい。

「さりげなく書道の自慢をしたら、すぐにお誘いいただきました。世の中には、恋情《おもい》を相手に伝えたくても、字を知らぬために伝えられぬ人たちもいる。そうした人たちのお役に立ってみる気はないかとお誘いいただき、久方ぶりに心がときめいたもので」

おもいきって、やってみようとおもったらしい。

「なるほど。『ともにいきたし地獄まで』という文言は、義母上がお考えになったのですか」

「とんでもない。一例として、墨鶏上人《ぼっけいしょうにん》からお授《さず》けいただいたのですよ」

「墨鶏上人とは」

「高野山《こうやさん》で修行なされたお偉い御上人《おしょうにん》で、その達筆さゆえに『今空海《いまくうかい》』と呼ばれておられるお方です」

「お訪ねになったのですね」

「ええ、鶴さまにお連れいただきました」

「何処の寺にござりますか」

「お寺ではなく、池之端の裏長屋です。寛永寺《かんえいじ》の塔頭《たっちゅう》をひとつ任されるはなしもあったそうですが、お断りになったとか」

聞けば聞くほど、胡散臭《うさんくさ》い坊主の顔が浮かんできた。ただ、亀も目にしているので、書の腕前だけは本物なのだろう。

「墨鶏上人が懸想文をとりまとめるのですか」

「ええ、そうです。代書の依頼はひっきりなしにあり、書いてくれる人の手が足りないと嘆いておられました」

「ほう、ひっきりなしに依頼が」

「嘘ではありませんよ。御上人のもとへは、老舗《しにせ》の筆屋さんから数多《あまた》の依頼が持ちこまれるのです」

又兵衛はおもわず、膝を躙《にじ》りよせる。

「まさか、その筆屋とは」

「ともへ屋さんです。江戸の筆屋では知らぬ者がないほどの老舗だけに、代書も商売にされているとは知りませんでした」

又兵衛は驚きを禁じ得ない。

まさか、亀の口から『ともへ屋』の名が出てくることなど考えもしなかった。

ともあれ、墨鶏上人とやらに会ってみるしかあるまい。

又兵衛は亀に礼を言いつつも、内職は町奉行所の与力として恥ずかしいので止めてほしいなどと、せっかくのやる気を殺《そ》ぐようなことを告げてしまった。

亀は悲しげな顔で「承知しました」と言い、頭《こうべ》を垂れたのである。

五

翌夕、又兵衛は着流し姿で、さっそく池之端の裏長屋を訪ねてみた。

貧乏人だけが住む棟割《むねわり》長屋は、どう眺《なが》めても偉い上人の住むようなところではない。

それでも、鶴という沢尻の母親や亀はころりと騙《だま》された。やはり、育ちの良い武家の妻女だからであろうか。

崩れそうな木戸門を潜り、酸っぱい臭いを嗅《か》ぎながら、どぶ板を踏みしめた。

井戸端《いどばた》で洗濯をする嬶《かか》ぁたちにすれば、場違いな闖入者《ちんにゅうしゃ》にしかみえぬだろう。

厠《かわや》に近い奥の部屋まで進み、腰高障子《こしだかしょうじ》を引き開ける。

床に寝転んだ坊主頭がみえた。

「すまぬ、墨鶏どのか」

敷居を越えて呼びかけると、坊主頭がのっそり身を起こす。

床には紙が散らかり、硯や筆も片付けられていない。それだけでも我慢ならぬが、宿酔《ふつかよ》いの充血した眸子《まなこ》で睨まれ、げんなりするしかなかった。

又兵衛は額《ひたい》を広くし、生《は》え際をみせぬように小鬢《こびん》まで剃《そ》りあげている。しかも、短くした髷《まげ》は毛先を散らさずに広げ、髱《たぼ》はひっつめで出していた。特徴のある髪形を目にすれば、八丁堀の与力だなと察しがつくにちがいない。

墨鶏は知らぬふりをする。

「何かご用か」

居ずまいを正されても、騙《かた》り坊主への疑念は晴れない。

一喝《いっかつ》して脅《おど》しあげるか、下手《したで》に出て様子をみるか、又兵衛は一瞬だけ悩み、穏やかな笑みを浮かべた。

「それがし、平手又兵衛と申す。南町奉行所の与力でござる」

「そのようだな。わしが何か悪さでもしたと」

「いやいや。先だって、家の者がお訪ねしたはず。名は亀、それがしの義母でござる」

「おぼえておる。たしか、おふたりで来られた」

「こちらで懸想文の代書を頼まれたとか」

「それが何か。法度に触れるとでも」

「いいえ。お尋ねしたいのは『ともにいきたし地獄まで』という一節について。半年ほどまえにも、同じような一節をしたためたおぼえがござるまいかと」

「したためた。清五郎という隠居に頼まれてな」

又兵衛は首を捻《ひね》る。

「隠居でござるか」

「そうじゃ」

老《お》いらくの恋を実《みの》らせたいが、字が下手《へた》なので懸想文の代書を頼みたいと頭をさげられたらしい。

墨鶏の目を覗いたが、嘘を吐いているようにはみえない。

「ともへ屋の手代と同じ名だったゆえ、ようおぼえておる。されど、したためた一節はちとちがっていた」

「『ともにいきたし常世まで』でござるか」

「そうじゃ。ようわかったな」

又兵衛の指摘に驚きつつも、墨鶏は隠居に頼まれた経緯を語った。

「おのれで記した紙を一枚寄こし、その字に似せた筆跡で書いてほしいと頼まれた。達筆すぎる字では他人が書いたとばれてしまい、相手をしらけさせるからとの理由でな。一分金《いちぶきん》を二枚も寄こしたゆえ、望みどおりに下手くそな字をまねてやったのだわ」

左胸が不規則な動悸《どうき》を打ちはじめる。

隠居の差しだした紙には、手代の清五郎が書いた字が記されてあったにちがいない。何者かが清五郎を陥《おとしい》れるために画策し、おもいもよらぬ手法で妾殺しの証しとなる懸想文を手に入れたのだ。

墨鶏はそうとも知らず、正直に経緯を語りつづけた。

「隠居は、ともへ屋の紹介でここにやってきた。されど、もう会えぬ。死んじまったからな」

「えっ」

「懸想文はたいてい、一枚では終わらぬ。隠居も恋情《おもい》が成就《じょうじゅ》するまで面倒をみてくれと言いおった。二枚目と三枚目も書いてやり、金は後払いにしてやった。ところが、何日待っても隠居はあらわれぬ」

手間賃を回収すべく、墨鶏は足を棒にして隠居を捜しまわった。ようやくみつけたときは、近所の寺に葬《ほうむ》られていたという。

「無縁仏《むえんぼとけ》でな。寺の坊主によれば、泥酔《でいすい》して溝《どぶ》に嵌《は》まったらしい」

溺死《できし》である。無縁仏の額には、拇指《おやゆび》ほどの疣《いぼ》があった。その疣が決め手になり、捜している隠居と判明したのだ。

「とどのつまり、隠居の素姓《すじょう》はわからず仕舞《じま》い。何故、わしに懸想文を書かせたのかもわからぬ。老いらくの恋がまことであったのかもな」

又兵衛はうなずきながらも、問いを変えた。

「ともへ屋は、懸想文の代書を生業《なりわい》にしているのでござろうか」

「代書は生業にならぬ。あくまでも、筆を売りこむための方便よ。ここだけのはなし、懸想文を頼むのは、悪所《あくしょ》のおなごたちが多い。字を知らぬ女郎どもが、馴染みの客を繋《つな》ぎとめておくために文を使う」

悪所のおなごたちから、墨鶏は「今空海」と呼ばれているのだ。

「与力のおまえさんなら、すぐに見抜けるはず。わしは偉い坊主でも何でもない。字まねの得手な生臭《なまぐさ》坊主にすぎぬ」

亀を騙したのは許せぬが、正直に告白しただけ、まだましかもしれぬ。

「されどな、手が足りぬというのはまことのはなしだ。薹《とう》が立った武家の奥方にとっては小遣い稼ぎになる。それゆえ、寺や社《やしろ》の花市なんぞに出掛けては、代書を頼みたいと片っ端から声を掛けてまわった。おぬしの義母上《ははうえ》を連れてきた奥方も、ほいほい従いてきた口でな。素姓は隠したいと申したが、こっちも最初から聞く気はない」

懸想文の代書は法度には触れぬが、世間に堂々と公表できる商売でもない。それゆえか、ともへ屋の奉公人たちは、主人の辰吉からいっさい知らされておらぬらしかった。

そもそも、代書のはなしを持ちこんできたのは、潮吹きの茂平次なのだという。

「十手持ちのくせに、女郎屋のけつ持ちをやっておる。わしの書いた懸想文が阿《あ》呆《ほう》な男どもを惹《ひ》きつける手管《てくだ》になるのさ」

老舗の『ともへ屋』と関わりができたのも、茂平次が橋渡し役になってくれたおかげなのだと、墨鶏は感謝を込めて言い添える。

又兵衛は動揺を抑《おさ》え、半年前の妾殺しについても尋ねた。

「ああ、知っておるわ。まさか、手代の清五郎が妾を殺めるとはな。しかも、理由は痴情の縺れと聞いたが、今でも信じられぬ」

「ほう、それはまたどうして」

「相惚《あいぼ》れの娘がおったからさ」

名はおいと、池之端にある菓子屋の看板娘だったが、清五郎が捕まった直後からすがたを見掛けなくなった。

「他人事《ひとごと》ながら、哀れにおもったものさ。清五郎は縄を打たれたとき、近所の連中から石礫《いしつぶて》を投げられた。おいとだけは清五郎の無実を信じ、近くの稲荷《いなり》の境《けい》内《だい》で人知れずお百度《ひやくど》を踏んでおった。わしもな、清五郎は妾を殺めておらぬと、今でも信じておる」

声をひそめる墨鶏本人は、誰かに利用されたことを知る由《よし》もないようだった。清五郎は直筆《じきひつ》とみられた懸想文のせいで、妾のおひでを殺したのは痴情の縺れが原因であったとされている。ところが、その懸想文が偽物《にせもの》かもしれぬという疑いが浮かんできた。字まねを生業にする墨鶏が代筆した文であったとすれば、清五郎の潔白を証し立てする糸口になるのはまちがいない。

又兵衛は声色も口調も変えた。

「捕まった清五郎は、どうなったとおもう」

「音沙汰はないが、疾《と》うに首を刎《は》ねられたんだろう」

「いいや、まだ生きておる。過酷な責め苦に耐えぬいてな」

「まことか」

「驚いたようだな。おぬしが白洲で訴えれば、清五郎を救えるかもしれぬ」

「待ってくれ。町奉行所と関わるのだけは御免蒙《ごめんこうむ》る」

「どうして」

「むかし、女犯《にょぼん》の罪で縄を打たれたことがあった。おかげで腕に墨を刺され、晒し者にされた。唐傘《からかさ》一本抱かされ、寺の山門《さんもん》から丸裸で追いだされてな。あんな惨《みじ》めなおもいは二度としたくない」

白洲での証言など死んでもできぬと、墨鶏は抗《あらが》ってみせる。

ここで無理強《むりじ》いをしても埒があかぬ。あきらめるしかない。

又兵衛は裏長屋をあとにし、相惚れの娘を捜すことにした。

六

菓子屋はすぐにみつけたが、看板娘の行方はわからなかった。

だが、長元坊に経緯を告げると、翌夕には居所を突きとめてきた。

「浅草寺《せんそうじ》門前の蛇骨長屋《じゃこつながや》だ」

ふたりで下谷《したや》の寺町を抜け、そちらのほうへ向かっている。

長元坊は『ともへ屋』のことも詳しく調べていた。

先代の彦右衛門《ひこえもん》は三年前に病《やまい》で亡くなったが、俠気《きょうき》の人であったという。内儀を若い時分に亡くしており、一人娘のおかよをお蚕《かいこ》ぐるみで育てた。そして亡くなる直前、同じ池之端に店を構える硯屋の次男坊を婿《むこ》に迎えた。それが今の主人の辰吉である。

「辰吉は尻に敷かれた入り婿《いりむこ》、内儀のおかよに頭があがらねえ。ところが、内儀に隠れて妾を囲いやがった。その妾ってのが、半年前に殺されたおひでだ」

おひでの評判は芳《かんば》しくなかった。

「とんでもねえばくれんでな、岡場所の女郎あがりだって噂《うわさ》もある」

「内儀にみつかったら、ただでは済まなかったであろうな」

「それがみつかった。修羅場《しゅらば》だったらしいぜ」

辰吉は平謝りに謝ってその場を収め、おひでとはすっぱり切れると約束した。

「けっこうな額の手切れ金を払ったと、筆屋の下女が喋ってくれた。でもな、辰吉はおひでに未練たらたらで、妾宅を別のところに移し、隠れてこそこそ会っていた。そいつを内儀のおかよが知っていたかどうかはわからねえ」

惨劇《さんげき》が起こったのは、妾宅を木場に移して半月足らずの頃だった。

「なるほど」

辰吉は人並み以上に算盤勘定《そろばんかんじょう》はできるものの、独り身の頃に博打《ばくち》で身を持ち崩しかけた。そこに救いの手を差しのべたのが、先代の彦右衛門だったらしい。

辰吉は泣いて不徳を詫《わ》び、ともへ屋の入り婿になった。

「ところが、恩義のある先代が亡くなり、悪い虫がまた疼《うず》きはじめた。潮吹きの茂平次とは独り身の頃からの腐れ縁らしいぜ。手代の清五郎がおひでを殺ってねえとしたら、裏で上手に絵を描いたやつらがいたってことさ」

「そうなるな」

「おれの読みじゃ、清五郎は白だぜ。こいつを放っておいたら、悔《く》いが残るだろうよ」

きっちりとした裏付けはまだ何もない。

──裏付けのない筋読みは邪推《じゃすい》にすぎぬ。

亡き父に言われたことを、又兵衛は肝《きも》に銘《めい》じていた。

「着いたぜ」

浅草寺門前の蛇骨長屋には、どんよりとした空気が漂っている。

池之端の裏長屋よりも、さらに貧乏な者たちしか住んでいない。

おいとの父親は源治《げんじ》といい、腕のいい菓子型彫師《かしがたほりし》であった。老舗菓子屋の名物でもある白雪糕《はくせっこう》は、糯米《もちごめ》の粉や麦や小豆《あずき》、蓮《はす》の実や白砂糖などを混ぜ、木型に押しこんでつくる。その木型を凹型《おうがた》に彫るのが菓子型彫師で、七十種類もの鑿《のみ》を使い分け、凸型《とつがた》の菓子を想像しながら固い真桜の木を彫るのだという。

神業《かみわざ》の腕前と評された源治だが、流行病《はやりやまい》で恋女房を失ってからは酒と博打に溺《おぼ》れ、ここ数年は娘のおいとが菓子屋から得る銭で暮らしていた。ところが、清五郎の件と相前後して、菓子屋とおいとの繫がりも切れてしまった。

「行きついたさきが、どん底長屋だったというわけさ」

「しんどいはなしだな」

「嫌なら、おれがひとりで訪ねてもいいんだぜ」

「いいや、そういうわけにはいかぬ」

露地の暗がりに踏みこんだ。

痩《や》せ犬が目の前をのんびり横切っていく。

木戸番《きどばん》らしき親爺《おやじ》に尋ねると、源治の部屋はすぐにわかった。

気になるのは、半月ほどまえに娘が居なくなったというはなしだ。

何処へ行ったか聞いても、木戸番は首を横に振るだけでこたえない。

父親の源治に聞くしかなかった。

奥の部屋に向かい、破れた腰高障子を開いた。

部屋は異様に酒臭く、芥溜《ごみため》の隙間《すきま》に垢《あか》じみた五十男が横たわっている。

「邪魔するぜ」

長元坊は吐きすて、履き物を脱がずに床へあがった。

源治のからだを起こし、襟を摑んで引きずってくる。

「こいつは駄目だ。使いものにならねえ」

頰《ほお》を平手で打っても、源治は目を開けない。

「酒に浸《つ》かったまま、昇天するしかなさそうだな」

仕方なく部屋から出ると、歯の抜けた婆さまが佇《たたず》んでいる。

「おいとを捜してんのかい。銭をくれたら教えたげるよ」

差しだされた皺《しわ》くちゃの掌《てのひら》に、小銭を置いてやった。

それでも手を引っこめぬので、一朱金《いっしゅきん》を握らせてやる。

婆さまはにっと笑い、皮の垂れた喉《のど》から声を絞《しぼ》りだした。

「すぐそばの堂前《どうまえ》にいる。半月前に売られたのさ」

「女郎屋にか」

長元坊が上から睨みつけても、婆さまはいっこうに怯《ひる》まない。

「あんたみたいな海坊主に連れていかれた。呑んだくれの父親がいかさま博打で借金をこさえ、娘を質草《しちぐさ》の代わりに奪われたのさ。おいとは菓子屋の看板娘でな、父親はそいつを自慢していたんだ。あれほど気立てのいい娘はいなかった。悪いのは源治を騙くらかした岡っ引きだよ」

「ちょっと待て。源治は岡っ引きに騙されたのか」

又兵衛の問いに、婆さまは「ふん」と鼻を鳴らす。

「言ったろう、父親はいかさま博打に誘われたのさ」

「岡っ引きとは、もしや」

「口のひん曲がったやつさ」

潮吹きの茂平次にちがいない。

又兵衛はもう一朱上乗せし、女郎屋の屋号とおいとの源氏名《げんじな》を聞きだした。

東本願寺《ひがしほんがんじ》の北端、浅草北寺町《あさくさきたてらまち》の大路を西へ向かい、新堀川《しんぼりがわ》を越えて左手に折れる。すると、浅草浅留町《あさとめちょう》にたどりつく。西隣の浅草坂本町《さかもとちょう》も合わせて、地の者が「堂前」と呼ぶこの界隈《かいわい》には、百人近くの女郎を抱える遊里《ゆうり》があった。

「相場はひと切り二百文、泊まりは二朱だ。元禄《げんろく》の頃まで、このあたりに三十三間堂《さんじゅうさんげんどう》があったらしい。それで、堂前と呼ぶのさ」

長元坊は江戸の裏事情に詳しい。岡っ引きの茂平次が源治を騙して娘のおいとを女郎屋に沈めたと聞いても、よくあるはなしだと受けながした。

「小悪党の顔を拝むまえに、おいとの気持ちを聞いておかなくちゃならねえ。清五郎のことをどうおもっているのか。おめえも、そいつが知りてえんじゃねえのか」

「そうだな」

「おいとはたぶん、清五郎が生きているとはおもっちゃいねえぜ。生きているのを告げるのは、望みを持たせるってことだ。わかってんだろうな」

「ああ、わかっている」

是が非でも、清五郎を救わねばならぬ。そうできる見込みもなしに、不幸な娘に望みを持たせてはならない。

又兵衛は重い足を引きずった。

暮れなずむ淫靡《いんび》な露地裏には、軒行燈《のきあんどん》が点々と繋がっている。

右手には粗末な長屋、左手には溝《どぶ》がつづき、歩くたびに暗がりから痩せた白い腕が差しだされてきた。

「お武家さま、買《こ》うてくれ。極楽往生させたげるよ」

おいとは『千秋屋《せんしゅうや》』なる女郎屋に囲われており、源氏名は「浮舟《うきふね》」というらしい。

長元坊が女郎のひとりから居場所を聞きだしてきた。

いずれも同じような切見世《きりみせ》にみえて、女郎屋ごとに区画が仕切られている。ひとつ裏手の露地へ踏みこみ、長元坊はどんどん奥へと進んでいった。おいとの稼ぎ場所はどうやら、袋小路の吹きだまりにあるようだ。

「こいつはいけねえ。又よ、戻るんなら今だぜ」

長元坊のことばを無視し、いっそう暗い闇の奥へ踏みこんだ。

「お侍さま、買うてくださいな」

気づいてみれば、誰かに袂を握られている。

ぎょっとして目を向ければ、目鼻立ちの整った娘が乾いた眸子《まなこ》でみつめていた。

何もかも捨てさり、ただ、生きることだけは捨てられぬまま、無情の風が渦巻《うずま》く吹きだまりで朽《く》ちていくしかない。

源氏名を問うまでもなかった。娘はおいとにちがいない。

老舗菓子屋で人気を博した看板娘の成れの果て、生き地獄のただなかに身を置く娘に向かって、安易に望みを与えてよいものかどうか。

もちろん、よいはずはない。

清五郎は生きている。だから、望みを持っておぬしも生きろなどと、いったいどの面《つら》さげて告げられよう。

「すまぬ」

又兵衛は娘の手に一分金を握らせると、背を向けて足早に歩きだした。

「お待ちを。お武家さま、こんなにいただけません」

駆けだそうとする娘を、長元坊が優しく阻《はば》む。

「功徳《くどく》だとおもって、貰っておけばいい」

虚《むな》しい台詞《せりふ》を背中で聞きながら、又兵衛は訪ねたことを心の底から悔いていた。

七

清五郎を救えるかどうかはわからない。

救ってやりたいのは山々だが、容易《たやす》いはなしではなかった。

十二回も牢問いをおこなった者の無実が証し立てされたら、吟味方の面目は丸潰れとなる。

同じ町奉行所の役人として、仲間を裏切ることができるのか。常ならばできまい。はぐれ者の又兵衛だからこそ、できるかもしれぬと、内与力の沢尻はおもっているのだろう。

沢尻の期待どおり、調べればそれだけ疑いは深まってきた。だからといって、より深く調べを進めれば、墓穴を掘らぬともかぎらない。繰りかえすようだが、清五郎への疑いを晴らすのは吟味方を糾弾《きゅうだん》するのに等しく、おのれの首が危うくなるのは目にみえていた。

それでも、突きすすむのか。

踏ん切りのつかぬ自分に腹が立って仕方ない。悪事をはたらいた者に怒りを向けるべきなのに、みずからの不甲斐《ふがい》なさに嫌気が差している。

いったいどうやって、気持ちを奮《ふる》いたたせればよいのか。

中途半端な気持ちを抱えたまま、又兵衛は潮吹きの茂平次を尾《つ》けていた。

墨鶏のもとを訪ねた隠居は、偽《にせ》の懸想文《けそうぶみ》を手に入れるべく、誰かに命じられて「清五郎」という名を騙ったのだろう。命じたのは茂平次かもしれない。しかも、無縁仏でみつかった隠居は口封じされた公算が大きく、そこにも怪《あや》しげな岡っ引きの影がちらついていた。

手代の清五郎が罪に問われたのは、茂平次の証言があったからこそだ。

おひでが殺められたときも、都合よく妾宅を訪ねていた。

「妾を殺ったのは、茂平次じゃねえのか」

長元坊も指摘したとおり、父親を騙して娘を女郎屋に沈めるような岡っ引きなら、罪もない手代を罠《わな》に嵌めることなど朝飯前だろう。

動かぬ証しを摑むには、妾を殺めた理由を探らねばならぬ。

金か、情か、口封じか。

裏に潜む事情を探るには、茂平次の動きを逐一《ちくいち》把握《はあく》しておくべきだろう。

そう判断し、あとを尾けることにしたのだ。

拐《かどわ》かして脅すこともできようが、手荒なまねはしたくない。

素姓がばれてもまずかろうし、表だって動けぬ以上、野良犬のようにこそこそ嗅ぎまわるしかなかった。

黒門町の番屋《ばんや》からあとを尾け、徒組《かちぐみ》長屋の狭間《はざま》を抜けて寺町をたどる。

茂平次が向かっているのは、ほかでもない、長元坊と昨晩訪れた堂前だった。

夜廻りのついでに、関わりを持つ女郎屋にでも向かうつもりなのか。

新堀川までは一本道なだけに、おいそれと近づくことはできない。

何しろ、相手は追跡を得手とする岡っ引きなのである。

暗がりで見失うのを案じるよりも、気づかれるほうが心配だった。

茂平次は新堀川まで行かず、一町手前の本蔵寺《ほんぞうじ》を過ぎたあたりで四《よ》つ辻《つじ》を左手に曲がった。

又兵衛は遅れまいと、裾をからげて追いかける。
四つ辻に駆けこんだ勢いのまま、ひょいと左手に折れた。
一町余りつづく直線の大路に、それらしき人影はない。
「くそったれ」
気づかれたのだろうか。
悪態を吐《つ》いた刹那《せつな》、背後の物陰から白刃《はくじん》の切っ先が伸びてきた。
――ひゅん。
咄嗟《とっさ》に首を縮め、どうにか一撃を逃れる。
と、同時に反転し、腰の刀を鞘走《さやばし》らせた。
「おっと」
抜き際の水平斬《すいへいぎ》りで、相手を仰《の》け反《ぞ》らせる。
暗がりに引っこんだ相手は、茂平次ではない。
黒羽織《くろばおり》を纏《まと》った小銀杏髷《こいちょうまげ》の男だ。
「同心か」
声を掛けると、相手は黙った。
又兵衛の背後から、別の人影が近づいてくる。

そちらは、口の曲がった茂平次だった。

十手ではなく、分銅《ふんどう》付きの鉄鎖《てつさ》を握っている。

「へへ、おれが気づかねえとでもおもったか」

前後から挟まれた。

小銀杏髷のほうが口を開く。

「おぬしは何者だ。ひょっとして、ご同業か」

「ご同業なら、どうする」

「まずは、名を知りたい」

「そっちが名乗れば、教えてもよい」

わずかな沈黙ののち、小銀杏髷は名乗った。

「牛尾平内」

おもったとおり、北町奉行所の定廻りだ。

暗がりから差しだされた顔は灰色で、目の下には隈《くま》ができている。

仕方なく、又兵衛も名乗った。

「平手又兵衛」

「ふうん、はじめて聞く名だな。もしや、与力どのか」

「ああ、そうだ。同心に生意気な口をきかれるのは、あまり気分のよいものではないな」

「勘違いするな。理由次第では、あんたを斬らねばならぬ。与力だろうと何だろうと、遠慮はせぬぞ。どうして、茂平次を尾けた」

こうなれば正直に応じるしかないと、又兵衛は腹を決めた。

「ともへ屋の手代、清五郎の一件だ」

「やっぱりな、そうだとおもったぜ。あんた、鬼左近の配下か」

「いいや、ちがう。察斗詰《さっとづめ》にするまえに事の真偽を確かめろと、別の偉いやつに命じられてな」

「ふうん、なるほど。で、何かわかったのか」

「わからぬ。このままでいけば、察斗詰になるだろうよ」

「それなら、与力どのがわざわざ嗅ぎまわることもなかろう」

「たしかに。よほどの物好きでもなければ、首は突っこまぬだろうな」

「あんたは物好きなのか」

「残念ながら、そのようだ」

「ふん、これが北町の扱いなら、面倒なことにならずに済んだものを」

「運が悪かったな。おぬしら、清五郎の死を望んでおるのであろう。妾のおひでを殺ったのは誰なんだ。茂平次、おぬしか」

後ろの岡っ引きに問うと、苦笑された。

「証しもねえのに、軽口を叩いてほしかねえな。殺ったのは清五郎さ」

「清五郎は、菓子屋の看板娘と相惚れだった。清五郎が捕まったあと、娘のおいとは女郎屋に売られている。このさきにある堂前の千秋屋だ。売ったのは、おまえだな。おまえは最初から、おいとに目をつけていた。邪魔な清五郎に妾殺しの濡《ぬ》れ衣《ぎぬ》を着せれば、一挙両得になる。そう考えたのではないのか」

「当《あ》て推量《ずいりよう》はよしてくれ」

又兵衛は止めない。当て推量に拍車《はくしや》が掛かった。

「ところが、おまえは清五郎がここまで粘るとはおもってもみなかった。何か手を打たねばならぬ。そこで、飼い主の定廻りに相談を持ちかけた。いいや、清五郎を嵌める筋書きを描いたのは、定廻りのほうかもしれぬ。岡っ引き風情《ふぜい》が描いたにしては、手が込みすぎておるからな」

「くふふ、おもしれえ与力だな」

嘲笑《あざわら》ったのは、牛尾のほうだ。

「半年も責めておきながら、今さら無実でございますなんぞと言えるはずがねえ。鬼左近の面目が丸潰れだからな。南町もそこまではできめえよ。たとえ、あんたが何か掴んだとしてもな」

「面目なんぞより、真実のほうが勝《まさ》る。筒井伊賀守さまならば、そう仰せになるだろうさ」

「まさか、伊賀守さまから直々《じきじき》に命を下されたのか」

「案ずるな。そうではない」

安堵《あんど》したのか、牛尾は肩の力を抜いた。が、刀を青眼《せいがん》に構えた姿勢は崩さない。

又兵衛は半歩後退り、刀を鞘に納める。

「刃引刀《はびきとう》だ。どうせ、斬れぬ」

「ふふ、こっちは斬れるぞ」

牛尾はそう言いつつも、刀を鞘に納めた。

後ろの茂平次も、分銅鎖《ふんどうくさり》を懐中に仕舞う。

「今宵《こよい》で止めにしておけ。約束するなら、あんたに関わりは持たぬ」

「約束できぬと言ったら」

「あんたにつぎはない」

「ふふ、与力を脅すとは良い度胸だ」

「脅しではない。あんたも腕におぼえがあるようだが、どう逆立ちしても、わしには勝てぬ」

強がりでないことは即座にわかった。

相手の力量がわかっただけでも、対峙《たいじ》した甲斐はあったかもしれぬ。

いずれにしろ、こいつらは許せぬ。もはや、何があっても真相を突きとめねばなるまいと、又兵衛は胸の裡《うち》につぶやいていた。

八

二日後。

静香は主税と亀を連れて、下谷の正燈寺《しようとうじ》へ紅葉狩《もみじが》りに出掛けた。

又兵衛も付きあうはずだったが、急遽《きゆうきよ》、予定を変えねばならなかった。

朝早くに向かったさきは、小伝馬町《こでんまちよう》の牢屋敷《ろうやしき》である。

清五郎にたいする十三度目の牢問いがおこなわれる。「吟味方筆頭与力から立ちあいの許しを得たゆえ、継裃《つぎかみしも》を着けて見定めてくるがよい」と、沢尻に命じられたのだ。

清五郎の無実が証し立てされたわけではないものの、疑わしい事情がいくつか出てきた。梯子を外されぬように、おのれの描いた筋書きを語って聞かせたところ、沢尻はめずらしく「あとには引けぬな」と、後ろ盾《うしろだて》になる気概をみせた。

母親が代書の内職を請けおった件との関わりは聞き漏らしたものの、又兵衛は「清五郎のすがたをみて、おのれを奮いたたせたらどうだ」とまで告げられ、沢尻のことをすっかり信じてしまった。

西向きの表門へ踏みこむと、左手に高い塀が聳《そび》えている。塀の向こうには、百姓町人を入れる大牢《たいろう》や無宿者《むしゆくもの》を入れる二間牢《にけんろう》が並び、拷問蔵《ごうもんぐら》もそちらにあった。

又兵衛はまっすぐ進み、正面の玄関に向かった。

清五郎の牢問いは、玄関の右奥にある穿鑿所《せんさくじよ》でおこなわれるからだ。

拷問と牢問いは厳格に区別され、吊責《つるしぜ》めの拷問をおこなうには老中の許しを得ねばならない。牢問いは笞打ち、石抱き、海老責めの三種にかぎられ、そこまでは町奉行の裁量に委《ゆだ》ねられていた。差配するのは吟味方筆頭与力である。清五郎の吟味に関しては、鬼左近こと永倉左近がすべての権限を託されていた。

内与力の沢尻に口を挟まれたら、おもしろかろうはずはない。

又兵衛も覚悟を決めて穿鑿所へおもむいたが、どうやら一番乗りらしく、ほかの連中は見受けられなかった。

吟味場は東向きの一角で、八畳間が南北にふた間つづいている。部屋は東から南にかけて三尺幅の板縁《いたえん》で囲われ、板縁の下は庇《ひさし》の掛かるあたりまでが六尺通りの三和土《たたき》となり、三和土の向こうに砂利の敷きつめられた白洲があった。

白洲を仕切る塀際には、石抱きの際に使う十露盤板《そろばんいた》や大きな伊豆石《いずいし》、太縄や箒尻《ほうきじり》が並んで置かれ、どんよりとした血腥《ちなまぐさ》い空気が漂っている。

落ちつかない心持ちでいると、露払《つゆはら》いよろしく吟味方の若い与力がやってきた。

「すまぬ、それがしはどちらへ座ればよろしいか」

問うても与力はこちらをみず、白洲から遠い八畳間に顎《あご》をしゃくる。

「あちらへ。書役同心《かきやくどうしん》の後ろにお控えなされ」

都合よく書役同心がふたりあらわれ、まんなかに置かれた机を挟んで対座した。

若い与力に言われたとおり、又兵衛は対座する同心ふたりの後ろに腰をおろす。

しばらくすると、羽織袴《はおりはかま》を着けた御徒目付《おかちめつけ》と御小人目付《おこびとめつけ》があらわれ、白洲に近いほうの八畳間に横並びで座った。

あとは清五郎と鬼左近の登場を待つだけだ。

牢屋奉行《ろうやぶぎょう》の石出帯刀《いしでたてわき》は、拷問や牢問いに立ちあわない。身分は与力格の御目見得《おめみえ》以下で、武鑑《ぶかん》の序列でも公方《くぼう》の尿筒持《しとづつも》ちをつとめる公人朝夕人《くにんちょうじゃくにん》のつぎに書かれており、町奉行所の与力よりも格下だった。

牢屋奉行であっても、吟味方筆頭与力には逆らえない。鬼左近が牢屋敷に一歩踏みこんだときから、鍵役《かぎやく》を筆頭とする約五十人の同心や張番《はりばん》と呼ばれる三十人からの下男、さらには下働きに勤《いそ》しむ非人たちはみな、鬼左近の下知《げち》にしたがうものとされていた。

もちろん、今日の主役は清五郎である。

十二回の牢問いに耐えられた者など、幕初から数えてもほんの一握りしかおるまい。しかも、侍ではなく、町人なのである。役人たちは内心、清五郎の見上げた根性に舌を巻いているはずだった。木綿《もめん》の仕着せを纏った囚人たちも応援する側にまわり、牢の内から固唾《かたず》を呑んで見守っているにちがいない。

穿鑿所へ来てみると、外界とはまったく異質の場であることがよくわかる。奉行所内の御用部屋はもちろん、市中の見廻りなどではとうてい味わうことができまい。

今からここで繰りひろげられるのは、責める側と責められる側の生死をかけたぎりぎりの勝負なのだ。立ちあいを許された者は、否《いや》が応《おう》でも襟を正さねばならぬという気持ちにさせられた。

十徳《じっとく》を着た牢屋医者が先導役よろしくあらわれ、薄縁《うすべり》の敷かれた板縁の片隅に座る。

つづいて、清五郎が引かれてきた。

非人に縄尻を取られても項垂《うなだ》れず、堂々と胸を張っている。

月代《さかやき》も髭《ひげ》も伸び、窶《やつ》れきってはいるものの、まっすぐ前を見据《みす》える眼光は鋭く、生気を失ってはいない。

ほっとすると同時に、首をかしげたくなった。

どうして、辛い責め苦に耐えつづけるのか。

いったい、何がそこまでさせるのか。

現世でのおこないが、来世における立場を左右するとでも信じているのか。やってもいない罪をみとめれば、地獄へ堕《お》とされて苦しまねばならぬ。地獄の苦しみにくらべれば、穿鑿所の責め苦なんぞはたいしたことがないとでも考えているのか。

畳のうえからでは、裁かれる者の気持ちなどわかろうはずもなかった。

三和土と白洲の境目には、泣柱《なきばしら》と呼ばれる庇受けの柱が立っている。泣柱に近い砂利のうえに筵が敷かれており、清五郎は後ろ手に縛られたまま筵に座らされた。

このときを待っていたかのように、奥から継裃の衣擦《きぬず》れが聞こえてくる。

真打ち、鬼左近こと永倉左近の登場であった。

みなが平伏《ひれふ》すのに遅れまいと、又兵衛も畳に両手をつく。

鬼左近は慣例にしたがって刀を後ろに置き、板縁の手前に正座した。

背後には一瞥《いちべつ》もくれず、やや後ろに控える若い与力に会釈《えしゃく》すると、静かに口上を述べはじめる。

「ともへ屋の手代、清五郎。主人辰吉の妾おひで殺しの件につき、神妙に罪をみとめるか否《いな》か、しかと返答いたすべし……」

突如《とつじょ》、白洲は芝居小屋の檜舞台《ひのきぶたい》になりかわる。

又兵衛は口上を聞きながら、清五郎がどうして罪をみとめぬのかを考えた。

いずれは役人の見込み違いが立証されると信じているのか。あるいは、他人まで累《るい》がおよぶのを案じているのか。それとも、白状すれば牢内の仲間に軽蔑《けいべつ》されると恐れているのか。清五郎の場合は、いずれにも当てはまらないような気がする。

ならばいったい、何なのか。

それを見抜くことこそが、吟味役に求められる資質なのだ。闇雲《やみくも》に罪をみとめさせるのが、吟味役の役目ではなかろう。

──その罪を憎み、人を憎まず。

又兵衛は先人の記した「吟味の口伝《くでん》」を反芻《はんすう》する。

──愛憎の念を去り、明鏡《めいきょう》のごとく心を澄まして裁判いたすべく候《そうろう》。さすれば囚人の悪事はこなたの心の鏡に写り、囚人を一言のもとに恐怖狼狽《ろうばい》せしめ、答弁躊躇《ちゅうちょ》せしむべく候。

鬼左近の口調は厳しいものに変わっていた。

「……おぬしに残された猶予は少ない。おひでを殺めたこと、今この場でみとめれば牢問いの苦しみからも逃れられよう。清五郎よ、どうじゃ、おひでを殺めたのか」

ぴんと張りつめた空気が、立ちあう者たちの頬を強張《こわば》らせる。

清五郎はくいっと顔をあげ、鬼左近の眸子《まなこ》をまっすぐにみつめた。

そして、毅然《きぜん》と言ってのけたのである。

「断じて、殺めてはおりませぬ」

鬼左近は、ほっと溜息を吐いた。

「もはや、是非もなし」

御徒目付と御小人目付に同意を促《うなが》し、白洲に控える同心ふたりに牢問いを命じる。

「笞打ち五十じゃ、はじめよ」

下男が清五郎の縄を解き、灰色の仕着せを剝《は》ぎ取った。

又兵衛は身を乗りだし、書役の頭越しに白洲を注視する。

驚いたのは、清五郎の右腕に古い入墨《いれずみ》があることだった。

肘《ひじ》よりやや上の二重輪は、大坂の牢屋敷で刺された墨だろう。人別帳《にんべつちよう》に記載のない者が捕まり、摂津《せつつ》と河内《かわち》の両国外へ所払《ところばら》いとなった例などが考えられる。入墨をみただけで、清五郎のたどった来し方の悲運な道筋が想像できた。

何らかの罪で生まれ故郷を逐《お》われ、当《あ》て所《ど》もなく江戸へやってきた。そこで俠気《おとこぎ》のあるともへ屋の先代に拾われ、手代として生き直す決意を固めたにちがいない。やがて、恩人の先代は亡くなり、店には新しい主人がやってきた。懸命に仕《つか》えようとしたにもかかわらず、妾殺しの汚名を着せられたのだ。

若い与力が数を唱えるたびに、長さ一尺九寸の笞が唸りをあげる。

——びしっ。

背中の皮膚が裂けても、清五郎は声を発しない。

歯を食いしばり、痛みに耐えつづけている。

白洲に血が飛んでも、笞を打つ手は止まらない。

下男が傷口に砂を掛け、素早く血止めをするからだ。

気絶しそうになれば、牢屋医者がすかさず身を寄せた。

非人たちが手足を摩《さす》ると、清五郎は息を吹き返す。

そして、ふたたび、笞の音が鳴り響くのである。

負けるな。耐えろ。

又兵衛は知らぬ間に、胸の裡で叫んでいた。

耐えればそれだけ、苦しみは増す。痛みは全身を痺《しび》れさせ、生死の間境《まざかい》を彷徨《さまよ》うことになるかもしれない。それでも、清五郎には白状してほしくなかった。白状すれば楽になるのはわかっている。だが、悲壮《ひそう》な決意を全うしてほしかった。

——びしっ。

清五郎が笞で打たれるたびに、みている者は胸を締めつけられる。

ただ、鬼左近だけは微動だにしない。

五十回の笞打ちに耐えられても、石抱きが待っている。

苛烈《かれつ》な牢問いは、いつ果てるともなくつづいていった。

九

清五郎は五十回の笞打ちに耐えた。さらには、泣柱に縛られて十露盤板に正座させられ、伊豆石を五つも抱かされた。

伊豆石の目方は一枚十三貫、五枚で六十五貫になる。十露盤板は三角に削った材木を五本並べた板で、正座しただけでも脛《すね》が角に食いこんだ。伊豆石を一枚ずつ膝に載せられればどうなるか、想像しただけでも恐ろしい。だが、清五郎は口を割らなかったのである。

牢屋医者の見立ては限界に近かったが、石抱きにつづいて海老責めもおこなわれた。

清五郎は後ろにまわされた両手を高手小手《たかてこて》に縛られ、胡座《あぐら》を掻《か》いた両足の踝《くるぶし》あたりから上を別の縄でぐるぐる巻きに縛りつけられた。さらに、縄の余りを両脛の裏から縛りあげられ、組んだ足が顎につくまで引きしめられたのち、背後の腕できつく縛りとめられた。

文字どおり、海老の恰好《かっこう》で半刻（約一時間）近くも放置されたのである。皮膚は鬱血《うっけつ》して青黒くなり、動けば青細引《あおほそびき》が食いこんで息ができなくなる。清五郎は気を失い、口から泡を吹いた。さすがに、医者もこれ以上は無理だと告げ、ようやく過酷な牢問いは仕舞いになった。

牢屋に運ばれた清五郎には、囚人仲間の手で荒療治《あらりょうじ》が施《ほどこ》されるにちがいない。手足を隈無《くまな》く揉みほぐされ、全身に酒を吹きかけられるのだ。意識さえ戻れば、十日ほどで歩けるようになるという。牢問いを重ねるたびに頑強になる者もあるらしいが、拷問蔵で吊責めにされる苦しみにくらべたら、まだ楽なほうだと聞いたこともあった。

吊責めの際、囚人は後ろ手に縛られ、天井から荒縄で吊るされる。みずからの重みで、肩の骨が皮膚を突きやぶることもあるらしい。

鬼左近は吊責めの許しを得るべく、老中への伺いをしたためている。例繰方の又兵衛は、添付する類例の提示を求められるにちがいない。

穿鑿所は、しんと静まりかえっている。

ほかの連中が居なくなっても、又兵衛は立ちあがることができなかった。

苛烈な責め苦を目の当《ま》たりにし、ことばすらも失ってしまったのだ。

気づいてみれば、鬼左近が上から覗きこんでいる。

「わかったか。これが吟味方のお役目だ」

「はっ」

「おぬしをここに呼んだのは、わしじゃ。細目の沢尻に頼まれたわけではない。昨日、北町奉行所吟味方筆頭与力の荒木田主馬《あらきだしゅめ》から内々に告げられた。平手又兵衛なる与力が、秘《ひそ》かに妾殺しの調べ直しをしているとな。手懐《てなず》けておる定廻りに耳打ちされたらしい。まことなのか」

「まことにござります」

殺気を感じ、又兵衛は身を固めた。

鬼左近は「ふん」と鼻を鳴らす。

「余計なことを。どうせ、沢尻に命じられたのであろう」

又兵衛は返答もできず、俯《うつむ》くしかない。

穿鑿所はおそらく、例繰方なんぞが安易に踏みこんではならぬ神域《しんいき》なのだ。

神域を冒《おか》したという罪の意識が、又兵衛から冷静な思考を奪いとっていた。

鬼左近はつづける。

「おぬしは目障《めざわ》りだし、腹も立つ。されど、おぬしより腹が立つのは、したり顔で告げ口をした荒木田のやつだ。ひとつ貸しにしておくゆえ、阿呆な与力をどうにかせよと抜かしおった。まんがいち、半年も責め苦を与えた手代の無実が証し立てでもされたら、永倉左近の面目は地に堕ちよう。是が非でもそれだけは避けねばなるまいと、荒木田は嗤《わら》いおった。ふっ、わしもずいぶん甘くみられたものよ」

鬼左近の口調が、心なしか柔らかいものに感じた。

「清五郎の腕にあった入墨をみたか」

「はっ、あれは大坂の牢屋敷で刺したものかと」

「そうじゃ。十年前、あやつは大坂で盗みをやった。ひもじくてな、六地蔵《ろくじぞう》に奉《ほう》じられた供物《くもつ》の饅頭《まんじゅう》を食い、寺の坊主に訴えられたそうじゃ。訴えた坊主も坊主だが、入墨を入れさせた役人も役人だ」

たしかに、説諭《せつゆ》して許せばよい程度の罪であろう。

されど、事情はどうあれ、清五郎は前科者になり、生まれ故郷で土地鑑《とちかん》のある大坂を離れるしかなくなった。

「ともへ屋の先代に救われ、立ちなおったかにみえたが、先代が亡くなって心の支えを失った。そのようなところに、妾殺しの疑いを掛けられたのだ」

前科者は過《あやま》ちを繰りかえすのが道理、疑いをひっくり返すだけの反証がなければ、清五郎を吊責めにしたうえで、察斗詰にするしかなかろう。

「それが吟味方の役目じゃ。ちがうか」

「仰せのとおりにございます」

「ふん、あたりまえじゃ。おぬしなんぞに何がわかる」

鬼左近は懐中から文を取りだし、ぽんと投げてよこす。

「清五郎を捕らえた日の夕暮れであった。奉行所の門前に娘がひとり駆けこんできおってな、わしの袖を摑んで文を残していった。その文を捨てられずにおったが、ちょうどよい機会じゃ、おぬしが預かっておれ」

「えっ」

「勘違いいたすな。罪人に情を掛けるようでは、吟味方などつとまらぬ。わしは情では動かぬ。情で動く者も信じぬ。信じるべきはただひとつ、真実を見極めんとする心の保《も》ちようじゃ」

千両役者のように見得を切り、おのれの信念を吐露《とろ》してみせる。

おそらく、はじめてであろう。鬼左近の眸子が潤《うる》んでいるようにもみえた。

「おぬしのごときへぼ与力に、清五郎の無実が証し立てできるとはおもうておらぬ。ただし、やると申すなら、命懸けでやれ。誰かに命じられて仕方なしにやるつもりなら、今すぐ止めろ。中途半端な調べで都合のよい筋書きを描くようなら、わしはおぬしを許さぬ。潰すぞ、虫螻《むしけら》を潰すごとくな。それが嫌なら、本気でやれ。わしも本気で、清五郎を問いつめる。そして、機が熟せば察斗詰にいたす所存じゃ」

迫力に気圧《けお》されかけ、又兵衛は畳に平伏した。

「ふん、長ったらしいはなしは仕舞いじゃ。たまには、荒木田主馬の鼻を明かしてやるほどの手柄を立ててみせよ」

鬼左近は去った。

何やら、別人に諭《さと》されたような心地だ。

文を開いてみると、めめずの這《は》ったような筆跡で、寛大な沙汰をお願いしたい旨《むね》が綿々《めんめん》としたためられている。

おいとの書いた文であった。

泣きながら書いたのか、文字が随所で滲《にじ》んでいる。

情では動かぬと言いながらも、鬼左近は文を捨てられなかった。

穿鑿所で文を託された理由は何なのか。調べをつづけてよいとは言われなかったが、止めもしないということなのだろう。

清五郎はおひでを殺めていないのではないかと、鬼左近も疑いを深めているにちがいない。ただ、動かしがたい証しをみつけられぬかぎり、察斗詰に持ちこむしかないとおもっているのだ。

——やると申すなら、命懸けでやれ。

叱責《しっせき》されるとばかりおもったが、鼓舞《こぶ》されたような気もする。

南町奉行所の吟味を司《つかさど》る者として、真実を見極めんとする心だけは失わずにいてくれたのだろうか。

荒木田主馬に又兵衛のことを告げたのは、まちがいなく牛尾平内であり、牛尾は策士の荒木田を一枚嚙《か》ませて鬼左近を激怒させ、自分たちに調べ直しの矛先《ほこさき》が向かぬように細工したつもりでいる。

だが、鬼左近は小細工に乗るような阿呆ではなかった。

逆しまに、火を点《つ》けられた。

荒木田やその配下へ、不審を募《つの》らせたのだ。

——鼻を明かしてやるほどの手柄を立ててみせよ。

鬼左近の口から、まさか、そんな台詞を聞けるとはおもってもみなかった。

もちろん、やってやる。やらねばなるまい。

まことの悪党を、白洲に引きずりださねばならぬ。

又兵衛は決意も新たに、血腥《ちなまぐさ》い穿鑿所をあとにした。

十

残された猶予は少ない。

妾殺しの真相を暴《あば》くには、誰もが納得できる証しが要る。

しかし、手詰まりの観は否めなかった。

「いっそ、ともへ屋の主人を拐かすか」

長元坊は冗談めいた口調で言ったが、ほかにこれといった策も思い浮かばない。

朝風呂にでも浸かって頭を切りかえようと考え、義父の主税とともに霊岸島《れいがんじま》の『鶴之湯《つるのゆ》』へ向かった。

八丁堀にも湯屋は何軒かあるが、知りあいに会いたくないので、独り身の頃からわざわざ霊岸島まで通っている。早朝の一番風呂は町奉行所与力の特権、誰もいない湯船に浸かる悦楽《えつらく》は何よりも得難《えがた》いものだ。

「おい、秀忠公《ひでただ》はまだか」

突如、主税に険しい顔で叱責された。

八丁堀から霊岸島に渡る亀島橋《かめじまばし》の手前のあたりだ。

又兵衛はすぐさま、ここは関ヶ原《せきがはら》だなと察した。

「いまだ、ご着陣になられませぬ。信州上田《しんしゆううえだ》で真田勢《さなだぜい》に足留めを食っているものとおもわれまする」

「ちっ、まずいな」

「あなたさまはいったい、どなたさまで」

「無礼者、鹿角《かづの》の脇立《わきだて》が目にはいらぬか」

「本多忠勝《ほんだただかつ》さまであられますな」

「使い番の分際で、わしの名を軽々しく口にするな。ふん、生意気な小僧め」

「お待ちを。今ここで揉めておると、本多さまも遅参《ちさん》の責めを負われましょうぞ」

もはや、旗本の身分を遥《はる》かに凌駕《りようが》し、徳川《とくがわ》家の四天王になった気でいる。

まだら惚けなので致し方ないが、できることなら、堀川に捨てていきたくなった。

宥《なだ》め賺《すか》してどうにか橋を渡らせ、通い馴《な》れた『鶴之湯』にたどりつく。

唐破風《からはふ》の入口で暖簾《のれん》を振りわけ、履き物を脱いで床にあがった。

主人の庄介《しょうすけ》が、番台から声を掛けてくる。

「平手さま、おはようさんで。紅葉も銀杏も散りはじめ、あとは寒い冬を待つばかり。何だか淋しゅうござんすね」

「まこと、冬は嫌いだ」

「唯一の楽しみは鍋にござんしょう」

「まさにな」

そんな会話を交わしていると、後ろの主税が怒りだす。

「使い番と物見が何をぐだぐだ喋っておる。おぬしら、ここは戦《いく》さ場《ば》ぞ」

「ご無礼つかまつり。ささ、ずずいと奥へ」

またはじまったという顔で、庄介は適当にあしらう。

又兵衛は刀掛けに大小を掛け、板の間で素早く裸になった。

主税も着物を脱ぎ、そそくさと洗い場の片隅へ向かう。

定まった場所に座り、焦《じ》れたように言いはなった。

「早うせい」

促されて肩に湯を掛け、背中の垢を掻いてやる。

主税は眸子《まなこ》を瞑《つぶ》り、昇天したような顔になった。

又兵衛は垢掻きが終わると、前屈《まえかが》みになって石榴口《ざくろぐち》を通りぬける。

乳色の湯気を両手で掻き分け、湯船の縁《へり》で湯加減を確かめた。

「熱っ、熱うございますぞ」

爪先をそっと入れ、腰から胸へと徐々に沈んでいく。

首まで浸かると、からだじゅうがじんじん痺れてきた。

「くふう、たまらぬ」

さきに浸かった主税が歓喜の声をあげる。

「又兵衛よ、極楽じゃのう」

名を呼ばれた。ということは、正気に戻ったにちがいない。

「亀がな、夜なべで書き物をしておるゆえ、何を書いておるのか聞いたのじゃ」

「はあ」

「あやつめ、恥ずかしそうに、戯作の筋を書いておりますと申す。その筋が存外におもしろかったゆえ、おもわず聞き入ってしもうたのよ」

そういえば、亀は戯作好きだと、静香もはなしていた。

「よろしければ、それがしにも戯作の筋をお聞かせください」

「それほど聞きたいなら、はなしてやってもよいぞ。外題《げだい》はな、妾殺《めかけごろ》し手代《てだい》の濡《ぬ》れ衣《ぎぬ》じゃ」

「げっ」

仰天《ぎょうてん》し、湯に沈みかけた。

主税に髷を摑まれ、湯船の縁まで引きあげてもらう。

「どうした」

「いえ、別に……おつづけください」

亀の書いた戯作は、筆屋の主人が主役ではじまる。

「正妻の座を狙う毒婦の妾にそそのかされ、正妻殺しを企てたものの、主人は途中で恐くなり、尻込みをしてしまうのじゃ」

ところが、妾に「企てを正妻にばらす」と脅され、進退窮《しんたいきわ》まった主人は親しい岡っ引きに相談する。岡っ引きは妾の情夫《じょうふ》なのだが、主人はそのことを知らない。岡っ引きは金欲しさに五十両で妾殺しを請けおい、善良な筆屋の手代に罪を着せたうえで、まんまと殺しをやり遂げる。

岡っ引きの悪党は、そののちも事あるごとに店にあらわれ、主人を強請《ゆす》っては小金を搾《しぼ》りとる。しかも、岡っ引きの背後には定廻りの影もちらついており、主人は逆らうこともできずに憔悴《しょうすい》してしまう。

「とまあ、そんなはなしじゃ」

主税はざばっと湯からあがり、石榴口の外へ逃れていった。のぼせて死にかけたこともあったので、本人なりに気をつけているのだろう。

又兵衛も石榴口を潜り、急いで洗い場へ戻る。

主税の背中からは、濛々《もうもう》と湯気が舞いあがっていた。

「妙に生々しゅうてな、みてきたように書いてあるゆえ、何ぞあったのかと、亀に聞いてみたのじゃ」

「義母上は、何とおこたえに」

「みずから捻りだした筋ではなく、鶴という知りあいが偉い上人から聞いたはなしを書き留めたのだと申す」

「……ま、まことですか」

又兵衛は身を乗りだし、額を主税の背中にぶつけた。

「何を狼狽《うろた》えておる。すべて、まことのはなしじゃ」

偉い上人とは、墨鶏のことであろう。

鶴が書き留めた筋立てこそが、妾殺しの真相かもしれぬ。

「まちがいあるまい」

興奮しすぎたせいか、鼻血が出てきた。

主税は気にもせず、勝手に喋りつづける。

「亀は申した。濡れ衣を着せられた手代が哀れじゃとな」

もはや、物語ではなく、今起こっているはなしにちがいない。

亀にもそれがわかっているのかどうか。少なくとも、主税にはわかるまい。物語と現実が絡みあい、混乱をきたしているようだった。

「善良な手代は捕まって拷問に掛けられ、どれだけ粘ってみせたところで、仕舞いには裁かれて極刑にされる」

「察斗詰《さっとづめ》にございますな」

「そうじゃ。さような顚末《てんまつ》ならば、外題を変えたほうがよかろうと、亀に言うてやったのじゃ。知りたいか」

「はい、お教えください」

「よし」

主税は腹に力を入れ、ぶっと屁《へ》を放《ひ》った。

そして、朗々《ろうろう》と言ってのける。

「察斗詰《さつとづめ》に候《そうろう》」

耳にするや、胸を締めつけられた。

牢問いを目の当たりにした身にとっては、辛い外題である。

「のう、よい外題であろう。流行《はや》る芝居は外題からと申すからな」

主税は得意げに胸を張る。

痩せた胸には、肋骨《あばらぼね》が浮きでていた。

又兵衛は手桶《ておけ》を持ち、肩から上がり湯を掛けてやる。

八丁堀の屋敷に戻ったら、墨鶏のもとへ向かわねばならぬ。

それにしても、いったい誰が墨鶏に真相を喋ったのだろうか。

おもいつく人物は、ひとりしかいない。

「そのことを茂平次が知ったら……」

不吉な予感が脳裏を過《よ》ぎった。

十一

亀に書き物のことを尋ねようとおもったが、知りあいといっしょに瑠璃光薬師《るりこうやくし》の花市に行ったと、静香に告げられた。そのときは心配もせず、又兵衛は寝ぼけ昨子を擦《こす》る長元坊を誘って、池之端の裏長屋へ向かった。

木戸口に着いてみると、何やら大勢の人が集まっている。

嬶ぁのひとりをつかまえて、何があったのか聞いてみた。

「墨鶏が殺められた。出刃包丁で胸をひと突きだよ。恐ろしいはなしさ、くわばらくわばら」

殺められたのは住人たちの寝静まった明け方、偶《たま》さか小便に起きた老《お》い耄《ぼ》れが物音を聞いていた。人の声は聞いていない。墨鶏は常から戸締まりをしておらず、寝込みを襲われたらしかった。

人垣の向こうでは、検屍《けんし》がおこなわれている。

立ちあっている者の顔をみて、又兵衛は身構えた。

屍骸《むくろ》を寝かせた筵のそばに、黒い巻羽織《まきばおり》の牛尾平内が屈んでいたのだ。

岡っ引きの茂平次はおらず、小者たちが血痕《けっこん》の点々とする部屋を土足で歩きまわっている。

又兵衛は両手を合わせると、人垣から離れて木戸の外へ逃れた。

「又よ、敵は口封じに掛かったぜ。つぎに命を狙われるとすれば」

「ともへ屋辰吉か」

「こうなりゃ、ぐずぐずしちゃいられねえぜ」

「どうする」

「ともへ屋を拐かす。それっきゃねえだろう」

「今からか」

「ああ、そうだ」

長元坊はこうと決めたら迷わない。

露地裏を大股で進み、池之端の表通りにやってきた。

通りを隔《へだ》てた手前の物陰から『ともへ屋』の表口を窺《うかが》う。

騒々しい様子はなく、丁稚《でっち》が眠そうな顔で店のまえを掃《は》いていた。

「墨鶏のこと、まだ知らねえな」

長元坊がつぶやく。

茂平次に口封じされるとも知らず、主人の辰吉は墨鶏に妾殺しの真相を喋ったにちがいなかった。自分ひとりで抱えきれなくなったのか、酔った勢いでも借りたのか、喋ったときの情況はわからぬが、どっちにしろ口の軽い辰吉は命を狙われるはずだ。

「又、紙と矢立《やたて》はあるか」

「ある」

「さすが例繰方、さらっと文を書いてくれ」

やらせたい意図がわかった。

「墨鶏が書いた体《てい》にして、誘いだすのか」

「そういうこと。できるか」

「ああ」

又兵衛は懐中から紙と矢立を取りだし、筆を嘗《な》めて文言を一考する。

長元坊は囁《ささや》いた。

「ともへ屋の宗派は東本願寺、菩提寺《ぼだいじ》は近くの福成寺《ふくじょうじ》だ」

「よし、境内に誘いだそう」

又兵衛は筆に墨をつけ、さらりと文字を書きつけた。

――命が危うい。今すぐ福成寺へ。墨鶏。

文を手渡すと、長元坊はうなずいた。

「達筆じゃねえか。これなら、ばれねえぜ」

「そっちもな。風貌が墨鶏に似ていなくもない」

「ああ、坊主頭はいっしょだしな」

墨鶏を知らぬ丁稚に風体《ふうてい》を質《ただ》せば、墨鶏本人が文を携《たずさ》えてきたと、主人の辰吉はおもうであろう。

長元坊は袖をひるがえし、通りを横切って店へ近づいた。

丁稚に文と駄賃を渡し、横を向いて歩きだす。

又兵衛もそちらへ歩を進めた。

長元坊は辻で立ちどまり、辻駕籠《つじかご》の駕籠かきに手間賃を払う。

そして、空駕籠を担《かつ》いだ連中を連れて、福成寺のほうへ近づいていった。

おそらく、病人を運ぶと嘘を言い、辰吉を駕籠に乗せて運ぶ気だろう。

又兵衛は足を止め、歩いてきた方角を振りかえる。

小太りの人影がひとつ、慌《あわ》てふためいたように近づいてきた。

ともへ屋辰吉にちがいない。

よほど悩みが深いのか、顔面は蒼白《そうはく》で窶《やつ》れきっている。

この近くで連れこむさきならば、見当はついていた。

根津権現裏《ねづごんげんうら》の千駄木《せんだぎ》に廃寺《はいじ》があり、長元坊も知っている。

おそらく、そちらへ向かうことになるだろう。

長元坊に任せておけば、万事上手《うま》く運ぶはずだ。

辰吉は躓《つまず》きながらも歩を進め、福成寺の山門に吸いこまれていった。

そして、四半刻《しはんとき》（約三十分）も経たぬうちに、一挺《ちょう》の駕籠が山門から外へ出てくる。

駕籠脇に従《つ》いた長元坊が、こちらに目配せを送ってきた。

当て身を食わせた辰吉を病人と偽《いつわ》り、駕籠に乗せたにちがいない。

「あん、ほう、あん、ほう」

駕籠かきは鳴きを入れ、のんびりと北へ向かう。

行き先はおもったとおり、根津権現の方角だった。

又兵衛も駕籠尻を追いかけ、根津権現の裏手をめざす。

曙《あけぼの》の里《さと》と呼ばれるあたりで、長元坊は駕籠を止めさせた。

ぐったりした客を道端に運びだす。

酒手《さかて》を弾《はず》んでやると、駕籠かきは飛ぶように離れていった。

辰吉が薄目を開けたので、長元坊が当て身をくれる。

「へへ、又よ、考えることはいっしょだったな」

「ああ」

気絶した辰吉を軽々と肩に担ぎ、長元坊はのっそり歩きだした。

行く手には千駄木の百姓地が広がり、昼なお暗い雑木林のなかを進めば、朽ちかけた宿坊《しゅくぼう》にたどりつく。

「今日は冷えるぜ」

落ち葉を集めて焚火《たきび》でもしたいほどだが、妾殺しの真相を聞きだすほうがさきだ。

宿坊はがらんとしており、仏像や仏具など金目のものはひとつもない。

屋根は半分なくなり、床も随所に穴が開いており、壁際には鼠が走りまわっていた。

長元坊はどこで拾ってきたのか、細縄を取りだし、辰吉を後ろ手に縛りつける。

膝立ちの恰好にすると、哀れな筆屋の主人は目を醒《さ》ました。

「……ううっ」

顔をあげ、きょろきょろ左右をみまわし、又兵衛の面前で目を留める。

「ひぇっ……あ、あんたは誰だ」

「誰でもいい。問いにこたえれば、手荒なまねはせぬ。聞きたいのは、おひで殺しの真相だ。単刀直入に聞こう。おひでを殺ったのは誰なんだ」

「……せ、清五郎」

言いはなった途端、後ろから長元坊に縄を引きあげられる。

「ひっ」

つま先立ちになった辰吉は、あまりの痛さにことばを失った。

後ろ手に縛られた手首や肘の関節が、軋《きし》みをあげているのだ。

長元坊が耳許《みみもと》に囁きかける。

「清五郎の苦しみは、こんなもんじゃねえ。おめえが嘘を吐いたせいで責め苦を受け、地獄の苦しみを味わっているんだぜ。喋りたくねえなら、それでもいい。おれはおめえより頭ひとつでけえ。おもいきり縄を引きあげてやりゃ、おめえの両腕は明後日《あさって》の方角にひん曲がる。骨が皮を突きやぶって飛びだすかもな。それでもいいのか」

「……か、堪忍《かんにん》してくれ。殺ったのは潮吹きだ。潮吹きの茂平次が殺ったんだ」

長元坊が力を弛《ゆる》める。

「出刃包丁で刺したのか」

又兵衛の問いに、辰吉は涙目でうなずいた。

「……そ、そうです」

「おぬしが清五郎を妾宅へ行かせたのか」

「はい。おひでの言付けを預かってこいと命じました」

清五郎が訪ねる頃合いをみはからい、茂平次はおひでのもとを訪ねた。事前に辰吉から五十両を貰い、殺しを請けおっていたのだ。茂平次はおひでの情夫《いろ》なので、警戒される恐れはなかった。茂平次は勝手に置いてあった出刃包丁を拾い、おひでの胸を刺したあと、外の物陰に隠れて清五郎がやってくるのを待った。

「……も、茂平次が任せておけと言うから」

「任せたのか。おぬしも、おひでを殺めたかったのであろう」

「正妻のおかよに毒を盛れと、おひでにそそのかされたんです。できないと言ったら、あいつめ、毒のことをおかよに喋ると騒いだんだ」

「それで、殺めようとおもったのか」

「茂平次に相談したら、五十両で請けおうと言いました。清五郎には申し訳ないとおもっております。ほんとうです」

「罰当《ばちあ》たりなことをしたな。今のはなし、誰かに喋ったか」

「えっ。あっ、墨鶏に喋りました」

「どうして」

言葉巧《たく》みに誘導されたらしい。

「何もかも喋れば胸のつかえが取れ、気持ちも少しは晴れるだろうと言われて。ところが、包み隠さず喋ったら、墨鶏は人が変わったようになり、黙っていてほしければ百両寄こせと凄《すご》んできました」

「それで、茂平次に相談したのか」

「……は、はい」

「墨鶏は死んだぞ。出刃包丁で胸を刺された。おひでと同じ手口だ」

辰吉は黙って項垂れる。そうなることは予想できていたのだろう。

「……て、手前を、どうするおつもりですか」

「どうもせぬさ。茂平次が勝手に始末してくれるだろうからな」

「……お、お助けください」

「自分が助かるまえに、清五郎を助けてやるんだな。この世でひとつでも善《よ》いことをやれば、あの世での扱いもちがってくるはずだ」

「……ま、まことでしょうか」

「ほかに言いたいことがあれば、聞いてやるぞ」

辰吉はしばらく考え、驚くようなことを口走った。

「そういえば、墨鶏が二度目に強請《ゆすり》をかけてきたとき、酔った勢いで申しました。

妾殺しの顚末を戯作に仕立て、とある武家の奥方に喋ったそうです」

「奥方の名は」

「たしか、鶴」

「くそっ」

沢尻の母親にちがいない。

「そのこと、茂平次に告げたか」

「いいえ」

茂平次がまんがいちにも墨鶏から聞きだしていたとすれば、鶴の命は風前《ふうぜん》の灯《ともしび》となろう。

「茂平次の立ち寄りそうなさきは」

「……い、いくつかござります」

「よし、片端からまわるぞ」

一刻も早く、茂平次をみつけださねばならない。

長元坊は縄を解いて辰吉を立たせ、背中を強く押して歩かせた。

茂平次の立ちまわりそうなさきを何箇所かまわったが、半日経ってもみつけることはできなかった。

十二

辰吉は足手まといなので、霊岸島の『鶴之湯』へ運びこみ、屋根裏部屋に縛りつけておいた。庄介は信用のおける男なので、任せておいても平気だろう。それより、今は茂平次だ。すでに、ふたりを殺めている。墨鶏から鶴のことを聞いていれば、口を封じようとする公算は大きいと言わねばならなかった。

もちろん、沢尻のもとへは使いを出した。鶴の命が狙われていると警鐘《けいしょう》を鳴らしておいたので、沢尻もじっとはしていないだろう。屋敷に居ればそれでよいが、鶴は拐《かどわ》かされたにちがいないと、又兵衛は踏んでいた。

理由がある。亀も屋敷に帰っていないのだ。知りあいと瑠璃光薬師の花市に出かけると言い残し、昼餉にも帰ってこなかった。静香は胸騒ぎを感じ、瑠璃光薬師まで捜しに出掛けたものの、亀をみつけることはできなかった。

花市に誘われた知りあいが鶴であったとすれば、鶴と亀がいっしょに拐かされたとも考えられる。茂平次は凶暴な男なので、最悪の事態を招かぬともかぎらなかった。

「辰吉が店から消えたことに気づけば、茂平次は焦《あせ》るだろうぜ」

長元坊の言うとおり、自暴自棄になれば何をしでかすかわからない。

とりあえず、辰吉の様子を窺うべく霊岸島の湯屋へ戻った。

そこへ、縞《しま》木《も》綿《めん》に小倉《こくら》の角帯《かくおび》を締めた小者が飛びこんでくる。

「鶡《ばん》の旦那」

又兵衛をそう呼ぶ小者は、見栄っ張りでお調子者の甚太郎《じんたろう》しかいない。

偶さか町中で悪人どもを懲《こ》らしめている又兵衛を見掛け、それ以来、神仏のように信奉《しんぽう》している。又兵衛は怒ると月代が朱《しゅ》に染まった。それゆえ、頭のてっぺんが赤い鶡に喩《たと》え、人前でも綽名で呼ぶのである。

迷惑な男だが、背に腹はかえられず、駄目元で声を掛けておいたのが、どうやら役に立ったらしい。

「餅《もち》は餅屋、じんじん端折《ばしょ》りの甚太郎を忘れてもらっちゃ困りやす。潮吹きの茂平次なら、たぶん、あそこにおりやすぜ」

口をついて出た行き先は、下谷小塚原町《こつかっぱらまち》の無人番であった。

遊女の投込寺《なげこみでら》で知られる浄閑寺《じょうかんじ》の裏手に、半年ほどまえから使われなくなった自身番《じしんばん》があるという。定廻りの牛尾平内が捕らえた小悪党を折檻《せっかん》するのに使っており、出入りを許されているのは子飼いの茂平次だけらしかった。

「まちがいなかろう」

甚太郎を先導役に立て、又兵衛と長元坊はさっそく下谷の無人番をめざした。

脇目も振らずに寛永寺のそばを抜け、山下《やました》を経由して下谷通りを北へひたすら駆けつづけたのだ。

左手の西日が大きくかたむいた頃、ようやく行く手に音無川《おとなしがわ》の土手がみえてきた。

「又よ、牛尾のやつがいるかもしれねえぜ」

「ああ、そうだな」

「どうすんだ。跳ぶのか」

「さあな」

いざというときの備えに、和泉守兼定《いずみのかみかねさだ》を差してきた。

亡き父から譲り受けた美濃伝《みのでん》の銘刀《めいとう》である。

香取神道流の免状を持つ牛尾相手に、刃引刀で挑《いど》むわけにはいかない。

修《おさ》めた奥義はいずれも同じ抜きつけの剣、どちらが高く跳躍できるかで勝負は決まるはずだ。

「着きやしたぜ。あそこでさあ」

甚太郎が指を差した。

土手道の薄暗がりに、ぽつんと番小屋《ばんごや》が建っている。

灯《あか》りも点されておらず、人がいるかどうかもわからない。

闇雲に踏みこむわけにもいかず、あたりが暗くなるのを待った。

街道から少し外れると、人影はまったく見受けられない。

時折、浄閑寺のほうから、女の忍び泣きのような風音が聞こえてきた。

あたりがすっかり暗くなったそのとき、ぽっと番小屋の灯りが点った。

「又、人がいるぜ。どうする」

踏みこむしかあるまい。

「あっしが訪ねてみやす」

甚太郎が胸をぽんと叩いた。

「よし、頼む」

又兵衛に送りだされ、甚太郎は意気揚々《いきようよう》と番小屋に近づいていった。

そして、声を張りあげる。

「助けてくだせえ。行き倒れにございやす」

すぐさま、茂平次が顔を出した。

「うるせえ、あっちへ行ってろ」

開いた腰高障子の向こうに、人影らしきものが蠢《うごめ》いている。

おそらく、鶴と亀にちがいない。

「親分、つれねえことは言いなさんな。行き倒れなんだよう」

「ほかの番屋へ行け。さもなきゃ、十手で頭をかち割るぞ」

「ひぇっ、そいつは勘弁だ」

甚太郎は頭を抱え、地べたにしゃがみ込む。

「腹が減って動けねえ」

「くそっ、おれは本気だかんな」

茂平次が敷居をまたぎ、外に歩きだしてきた。

そのときである。

真横から、大きな人影が陣風《じんぷう》となって迫った。

長元坊である。

「あっ」

茂平次は十手を掲《かか》げるも、体当たりされて吹っ飛んだ。

又兵衛は脇目も振らず、番小屋のなかへ飛びこむ。

鶴らしき武家女と亀が、眸子《まなこ》を瞠《みは》ってこちらをみた。

背中合わせに縛られ、猿轡《さるぐつわ》まで嚙まされている。

縄と猿轡を解いてやると、亀が床に這いつくばった。

「又兵衛どの、申し訳ござりませぬ」

「よいのですよ。おふたりとも、お怪我《けが》はありませぬか」

「はい」

長元坊に呼ばれたので、事情はあとで聞くと言い置き、外へ出た。

茂平次は地べたに顔を押しつけられ、後ろ手に縛られている。

だが、尋常ならざる殺気が迫っていた。

暗がりからあらわれたのは、襷掛《たすきが》け姿の牛尾平内にほかならない。

「平手又兵衛か。あんた、与力は与力でも、例繰方らしいな」

「それがどうした」

「例繰方が何で首を突っこむ」

「気になるのか。悪事の露見《ろけん》を恐れておるようだな。茂平次はやりすぎた。おぬしも一蓮托生《いちれんたくしょう》だ」

「わしが殺しに絡んでおるとでも。ふん、そんな証しは立てられまい」

「茂平次が口を割るさ。洗いざらい喋るまで、責め苦を与えてやる。笞打ち、石抱き、海老責め、それでも駄目なら吊責《つるしぜ》め。簡単には死なせない。清五郎が味わった以上の苦しみを与えてやるつもりさ」

「例繰方のくせに、何をほざいておる。今ここで、あんたと茂平次を始末すれば済むはなしだ」

「できるのか、おぬしに」

又兵衛に問われ、牛尾は嘲笑う。

「申し訳ないが、わしは強いぞ」

「香取神道流の免状持ちらしいな」

「さよう、正真正銘の剣客よ。小机に向かって一日じゅう筆を動かすもやし役人とはちがう」

「なるほど」

勝ったなと、又兵衛はおもった。

同じ技を修得している者同士の勝負は、過信したほうが確実に負ける。

たがいに五間《けん》の間合いで立ち止まり、刀を抜かずに対峙した。

対峙すれば、相手の力量はわかる。

「おもったとおり、少しはできるようだな」

又兵衛は応じず、低く身構えた。

腰の兼定は刃長《じんちよう》二尺八寸、長尺刀《ちようじやくとう》ゆえに抜刀《ばつとう》の際は、鯉口《こいぐち》を左手で握って引き絞らねばならない。この「鞘引《さやび》き」こそが抜きつけの要諦《ようてい》、牛尾の刀は二尺五寸ほどと見受けられるので、同じ素早さで抜くことさえできれば、三寸の差が生死を分ける差になるはずだ。

無論、より高く跳んだほうが優位となる。

低い側は刃先を立てようとするため、動作も威力も減じられるのだ。

「おぬし、何故に抜かぬ」

牛尾に問われ、又兵衛は頬を弛めた。

「決まっておろう。わしも跳ぶからよ」

「何だと」

「まいる」

考える隙《すき》を与えず、地べたに尻がつくほど屈みこんだ。

すかさず、牛尾も屈みこむ。
「はっ」
ほぼ同時に、二間近くも跳んだ。
長元坊も甚太郎も、口をぽかんと開けて宙をみた。
又兵衛のほうが、頭ひとつ上に跳んでいる。
「やっ」
中空《ちゅうくう》で刀を抜いた。
牛尾のほうが速い。
だが、刀の切っ先が立っていた。
又兵衛は跳んだ軌道《きどう》の先端に、抜いた刀の切っ先がある。
的《まと》に向かう速度と威力で遥《ぐ》かに勝《まさ》っていた。
微《かす》かな灯りに照らされ、互の目乱《めみだれ》の刃文《はもん》が煌《きら》めく。
――びゅん。
兼定の刃先は、まっすぐ相手の眉間《みけん》を襲った。
「ぬかっ」
牛尾はあきらめたにちがいない。

つぎの瞬間、兼定の刃先がわずかに逸《そ》れた。
ぱっと、血飛沫《ちしぶき》が散る。
刃先は右耳を殺いでいた。
――どしゃっ。
牛尾は背中から地に落ち、息を詰まらせる。
右耳から血を流しながら、真上に目をやった。
又兵衛が八相《はっそう》の構えで立っている。
「覚悟せい」
袈裟懸《けさが》けの一刀が振りおろされた。
――ばすっ。
峰《みね》に返された兼定が、右の鎖骨《さこつ》を叩き折る。
牛尾は白目を剝き、気を失った。
茂平次は呆気《あっけ》に取られ、甚太郎は手を叩いて喜んでいる。
「よし、婆さんたちを連れてご帰還だ」
長元坊の明るい声で、又兵衛は我に返った。

十三

鶴を無事に送りとどけると、沢尻には感謝されたが、その場かぎりのことであった。今となってはどうでもよいはなしだが、厄介事の調べ直しを申しつけられたこととの関わりも、わからず仕舞いとなった。

亀によれば、沢尻は婿養子で、義母の鶴とは日頃から折りあいがよくないらしい。

「気難しいおひとで、家人にも本性をみせぬそうです。鶴さまは朗《ほが》らかで明るいお方ゆえ、婿どのが歯痒《はがゆ》いと仰せでした」

それにしても、何故、鶴は墨鶏から妾殺しの真相を聞きだすことができたのだろうか。それは鶴が好奇心旺盛《おうせい》な女性《にょしょう》で、少しでも興味を持つと、根掘り葉掘り聞きだしてしまう性分だからであった。

墨鶏には上等な下《くだ》り酒《ざけ》を呑ませ、酔わせたうえで真相を聞きだし、本気で戯作にして芝居小屋に売ろうとおもっていたらしい。

「一度じっくりおはなしを聞いてみたいお方ですな」

なかば本気で告げると、亀は心の底から喜んだ。

縛られて猿轡まで嚙まされ、恐いおもいもしたであろうに、そこは元旗本の奥方だけあって胆《きも》が太い。むしろ、鶴とふたりで楽しませてもらったなどと豪語し、静香に窘《たしな》められていた。

一方、北町奉行所の定廻りと岡っ引きの詮議《せんぎ》は、いささか入りくんだものになることが予想された。妾殺しは南町奉行所の扱いだが、北町奉行所としては定廻りの牛尾平内を自分たちの裁量でどうにかしたいため、何かと詮議に首を突っこんでくる。

いずれにしろ、不浄《ふじょう》役人の悪事が表沙汰《おもてざた》になれば幕府の権威は失墜《しっつい》しかねないので、隠密裡《おんみつり》に事を進めねばならぬ。そのため、又兵衛は妾殺しの真相を暴いてみせたにもかかわらず、手柄にはできぬ旨の通知を受けた。

無人番所での対決から三日後の朝、沢尻から御用部屋に呼びつけられ、淡々と告げられたのだ。

「ま、そういうことだ」

別に痛くも痒くもなく、不快でもなかった。充分に予想できたことだし、そもそも、手柄など望んでいない。

沢尻には、吟味方からあがっていた老中への上申書をみせられた。

「あと半日遅れたら、本件は御老中の預かりになった。清五郎が吊責めに耐えたら、察斗詰にするしかなかったであろうよ」

「清五郎は解きはなちになりますな」

「そうせざるを得まい。吟味方の面目は丸潰れじゃ」

「ひとつお伺いしても」

「何だ」

「沢尻さまは、かような結末を期待しておられたのでしょうか」

「さてな。駄目元で命じたら、瓢簞《ひょうたん》から駒《こま》が出たといったところか」

「瓢簞から駒」

「おっと、口が滑った。聞かなんだことにしておけ」

やはり、期待はしていたようであったが、吟味方に恥を掻かせてやりたかったのか、それとも、純粋に殺しの真相を探りたかったのか、内心ではどちらだったのかを聞きたかった。

ただ、聞いても沢尻はこたえまい。お茶を濁《にご》されるだけのはなしだろう。

早々に御用部屋を立ち去ると、廊下の向こうから鬼左近が仏頂面《ぶっちょうづら》で近づいてきた。

叱責されるか、最悪は手討ちにすらされかねない。

覚悟を決めて一礼すると、鬼左近は又兵衛の面前で足を止め、おもむろに喋りだす。

「茂平次め、海老責めで落ちたわ。嘉介《かすけ》なる隠居殺しも白状しおった」

「嘉介にござりますか」

「清五郎の名を騙って、墨鶏に偽の懸想文を書かせた隠居じゃ」

「ああ、なるほど」

額に疣《いぼ》のある老人のことだ。溝《どぶ》に嵌まって溺死していたはなしをおもいだす。

「おぬしに言うても仕方なかろうが、悪事の絵を描いたのは牛尾平内じゃ。おかげで、わしは恥を掻いた。半年も無実の男を責めておったのだからな。降格は当然だとおもうておったが、御奉行からは何の音沙汰もない。平の与力に落とされたのは、荒木田主馬のほうであったわ。ふふ、上の連中もたまには粋《いき》なはからいをする」

叱責もされず、手討ちにもされず、無視もされなかった。柔らかい態度が意外すぎ、頬を抓《つね》りたくなる。口には出さぬものの、鬼左近の瞳には感謝の念すら滲んでいるように見受けられた。

「明日の早朝、清五郎は解きはなちになる」

鬼左近はそう言い置き、脇を通りすぎていく。

「永倉さま、お待ちくだされ」

又兵衛は追いすがった。

「お願いがござります」

「何じゃ」

「こちらを」

そう言い、袖口《そでぐち》から文を取りだす。

「おいとのしたためた文にござります。清五郎にお渡し願えませぬか」

「ほう、はぐれにしてはめずらしく、情をみせたな」

鬼左近は文を受けとり、懐中に仕舞う。

「案ずるな。渡しておく」

「……か、かたじけのう存じまする」

「ふん、おぬしが感謝してどうする。ついでに、よいことをひとつ教えてやろう。茂平次を捕まえたおかげで、堂前の女郎たちは借金を返す必要がなくなった。今宵、帰るところのある者は帰ってもよいと通達する手筈《てはず》になっておる。無論、そこからさきのはなしは与《あずか》りしらぬこと」

好いた娘が女郎に堕ちた事情を知れば、たいていの男は平常心ではいられなくなる。

一方、娘のほうも嫌悪されることを恐れ、再会に二の足を踏むにちがいない。たしかに、清五郎とおいとがどうなろうと与りしらぬはなしだが、ここまで深く関わった又兵衛としては、どうにかしてやりたいというのが正直な気持ちであった。

「はぐれ、言うておくぞ。二度と出すぎたまねはするな」

「はっ、承知いたしました」

殊勝な態度で返事しながら、解きはなちになる清五郎のことを考えていた。

やはり、もうひと肌、脱がねばなるまいか。

鬼左近も秘かに期待しているような気がする。

おいとと再会させることが、清五郎へのせめてもの罪滅《つみほろ》ぼしになるとでも考えているのだろうか。きっと、そうにちがいない。

「されば な」

鬼左近は振りむきもせず、大股でどんどん離れていく。

遠ざかる背中に向かって、又兵衛は深々と頭をさげた。

十四

鬼左近が言ったとおり、茂平次が後ろ盾になっていた堂前の女郎屋には捕り方の手がはいり、抱え主は縄を打たれ、女郎たちは解きはなちになった。なかには別の女郎屋へ身売りする者もあったが、借金が無くなったことで賄いの下女や縫い子の伝手《つて》を探す者も多かった。

おいとには帰るさきがある。酔いどれの父親が住んでいる蛇骨長屋だ。

又兵衛は足を向けたい気持ちを抑え、長元坊に大事なことを伝える役目を任せた。

明朝、清五郎はお上の情けで解きはなちになる。

長元坊のことばを聞き、おいとは震えながら涙を流したという。

半年ものあいだ、清五郎は苛烈な責め苦に耐えつづけた。

死んだとばかりおもっていただけに、おいとは夢をみているようだと言ったらしい。

「清五郎はけっして罪をみとめなかった。その理由を、娘が教えてくれたぜ。恩人の先代に言われたことを守ったからだそうだ」

先代の彦右衛門は、清五郎に常から諭していたらしい。

——商売人は信用が第一、嘘を吐くなら死んだほうがましとおもえ。

おいとは清五郎から、その逸話《いつわ》を耳に胼胝《たこ》ができるほど聞いていた。それゆえ、清五郎が先代のことばを頑なに守り、辛い責め苦に耐えつづけたにちがいないと、確信したのであろう。

ただ、おいとが解きはなちに立ちあうかどうかは、今もわからない。

「半々だな」

と、長元坊は囁いた。

又兵衛は落ちつかない気持ちになり、朝餉もとらずに長元坊のもとを訪れている。

「解きはなちは明《あ》け六《む》つ（午前六時頃）、あと半刻はある。まずは、腹ごしらえだ」

膳《ぜん》に並んだのは、山盛りの飯と焼《や》き鮭《じやけ》、おろし大根を添えたはらゝごもある。

ごくっと唾《つば》を呑んだところへ、風呂吹《ふろふ》き大根《だいこん》が丼《どんぶり》で出された。

「たまらんぞ」

長元坊のつくる風呂吹き大根は、一度は味わってみる価値がある。

水気の多い太めの大根の皮を剝き、厚めの輪切りにして米の糠汁《ぬかじる》でさっと茹《ゆ》でたあと、だし汁で柔らかく煮ふくめる。仕上げに胡麻味噌《ごまみそ》をかけ、木の芽《め》や切胡麻や柚子《ゆず》を散らし、熱いうちに口をはふはふさせながら食べるのだ。

「大根の苦汁《にがじる》を除くには、煮るときに米を少し入れてやればいい」

「なるほど」

うなずきつつも、食べるのに夢中で、ほとんどはなしを聞いていない。

長元坊がかりっと音をさせたのは、早生《わせ》の大根を漬けたべったら漬けだ。

そういえば、大伝馬町《おおでんまちょう》の大通りでは、べったら市がはじまったばかりである。

ふたりは美味いものをたらふく食べたあと、急いで療治所を飛びだした。

相惚れだったふたりを再会させたいのは山々だが、おいとを無理に引っぱりだすわけにもいかない。

それに、清五郎の反応もわからなかった。

おそらく、鬼左近の口から、おいとの悲運は知らされたにちがいない。

清五郎が女郎に堕ちた娘を受けいれたくないとなれば、おいとの落胆はみていられぬほどのものとなろう。

「それも運命さ。あきらめるっきゃねえ」

長元坊はそう言うが、容易に割りきれるものでもない。

「あれこれ悩んでも仕方ねえさ。そもそも、娘があらわれるかどうかもわからねえんだぜ」

きっと来ると、又兵衛はおもった。

清五郎を慕《した》う気持ちが強ければ、来ないはずはない。

たとえ、清五郎に突きはなされても、顔をみたくないと言われても、おいとはみずからの恋情《おもい》を素直にぶつけようとするはずだ。

強い気持ちはきっと、清五郎にも伝わる。

いや、伝わってほしかった。

生まれ故郷を逐《お》われて、傷心《しょうしん》の身で江戸へたどりつき、ともへ屋の先代に拾ってもらった。恩を受けた人のために、身を粉《こ》にしてはたらき、手代となって店を支えてきた男なのだ。

他人の痛みもわかっていようし、おいとの恋情がどれだけ深いかも察することはできよう。

——ごおん。

明け六つの鐘音《かねおと》が鳴っている。

又兵衛は牢屋敷の門がみえる大路の手前に立っていた。
行《ゆ》き交《か》う人影はまばらで、おいとらしき娘のすがたはない。
「来ぬのか」
南西に向いた牢屋敷の表門が開き、鍵役同心らしき役人が出てくる。
左右をみまわし、門のほうを振りかえった。
そのときである。
通りの向こうから、髪形を銀杏返《いちょうがえ》しに結《ゆ》った娘が駆けてきた。
おいとだ。
千筋《せんすじ》の着物の褄《つま》を取り、駒下駄《こまげた》を鳴らしながら駆けてくる。
その音に誘われるように、ゆらりと清五郎が門前にあらわれた。
手代らしく紺《こん》一色の仕着せを纏い、月代も髭もさっぱりと剃っている。
頬が痩《こ》けてはいるものの、眼差しは生気を失っていない。
その目が素早く、おいとをとらえた。
「清五郎さん」
名を呼ばれて、前のめりになる。
おいとは駆けたままの勢いで、清五郎の胸に飛びこんだ。

ふたりはことばも発せず、たがいのからだを搔《か》き抱《いだ》いた。

「……や、やった」

長元坊が大きなからだを震わせ、噎《むせ》び泣いている。

又兵衛も涙を堪《こら》えきれなくなった。

何ひとつ、案ずることはない。

何があろうと、ふたりの心はずっと繋がっていたのだ。

「めでたしだな。あんなのをみせられたら、おれも気張らなくちゃならねえ」

みたことのある親爺が、かたわらで洟水《はなみず》を啜っている。

おいとの父親だった。

呑んだくれの菓子型彫師は、今日から改心するにちがいない。

気づいてみれば、ほかにも大勢の連中が人垣を築いていた。

まんなかに立っているのは、ともへ屋の女主人であろう。

打ち首の決まった主人の辰吉に離縁状を書かせ、奉公人たちに店を一から立てなおすと誓ったばかりだった。

店の処分はいまだ定まっておらず、身代《しんだい》を半分に減じられる公算も大きい。

いずれにしろ、ともへ屋の信用を回復させるには、強靱《きょうじん》な精神力で責め苦に耐えた清五郎の力がどうしても必要になる。

女主人のおかよとしては、是が非でも戻ってきてもらわねばならぬのだろう。

もちろん、これからの人生をどうするかは、清五郎が決めればよいことだ。

惚れぬいたおいと所帯を持って幸せに暮らしてほしいと、又兵衛は願わずにいられない。

朝焼けの空に、つがいの鶴が飛んでいる。

出雲《いずも》に出払った八百万《やおよろず》の神が寄こしてくれた吉兆《きつちよう》であろうか。

江戸の町々では明日から、商売繁盛《はんじよう》を祈念《きねん》する恵比須講《えびすこう》が盛大に催《もよお》される。

恵比須さまと大黒《だいこく》さまに大鯛《おおだい》を供《そな》え、商売人たちが趣向を凝《こ》らした酒宴《しゆえん》を催すのだ。

小伝馬町の牢屋敷前には、一日早い恵比須講の賑《にぎ》わいが訪れたかのようだった。

「千両じゃ、万両じゃ」

景気のよい競《せ》り売りの掛け声の中心には、清五郎とおいとがいる。

「これだから、不浄役人は止められねえ」

いつの間に来ていたのか、とんちきな甚太郎が陽気に笑いかけてきた。

どれだけからかわれても、今日だけは大目にみてやろう。

幸せそうなふたりをみつめ、又兵衛は胸の裡《うち》につぶやいた。

為《な》せば成《な》る

一

霜月《しもつき》になると、時雨《しぐ》れる日が多くなった。

寒さは日毎《ひごと》に増し、奉行所内の御用部屋では火鉢《ひばち》が欠かせない。

当然のはなしだが、出役《しゅつやく》の助っ人だけは勘弁してほしいと、内勤の例繰方ならば誰もがおもう。盗賊が出没するのは人々の寝静まった深更《しんこう》なので、寒さが頂点に達した頃に物々しい扮装《いでたち》で表門から飛びださねばならぬからだ。

行き先も告げてもらえず、先導役の背中をみつめ、ただ闇雲《やみくも》に走ることを余儀なくされる。与力であっても同心や小者と扱いは同じ、洟水《はなみず》を垂らしながら白い息を吐き、どこまでも走りつづけるしかなかった。

「ざんぐり、、党《とう》が商家を襲うとの訴人《そにん》あり。狙いは新橋《しんばし》の絹糸問屋《きぬいとどんや》」

途中で上から行き先が知らされてきた。ざんぐり党は江戸市中の商家を荒らしまわる凶悪な連中だ。手口は荒っぽく、襲った商家では家人や奉公人に刃《やいば》を突きつけ、蔵の鍵を奪って金品を強奪する。顔をみられたときは容赦《ようしゃ》なく凶刃《きょうじん》をふるい、女や子どもも何人か犠牲になっていた。

秋口から五件の凶行がつづいているにもかかわらず、いまだ捕縛《ほばく》に繋《つな》がる端緒《たんしょ》すら得られていない。

「幕府の威光が失墜《しっつい》しかねぬ。一刻も早く、凶賊《きょうぞく》を一網打尽《いちもうだじん》にせよ」

号令を発したのは町奉行だけではなかった。火盗改《かとうあらため》も動いている。

しかし、捕り方が挙《こぞ》って出張《でば》っても、手の内を見極められているかのごとく、空振りばかりがつづいていた。

どうせ、こたびも無駄骨であろう。

新橋に着いてしばらくすると、おもったとおり、先着の捕り方から「解散せよ」との通達がまわされてきた。

「ちっ」

懸命に駆けてきた連中から、舌打ちや溜息《ためいき》が漏れる。

だが、文句を口にする気力もない。

氷雨《ひさめ》の降るなか、虚《むな》しい気持ちで帰路をたどらねばならなかった。

八丁堀の拝領屋敷《はいりようやしき》へ戻れば、静香が味噌汁《みそしる》をつくってくれているはずだ。

空腹は如何《いかん》ともし難《がた》く、新橋から京橋《きようばし》までが異様に遠く感じられ、すっかり濡れて重くなった足を引きずるだけでも容易ではない。

京橋の手前の四《よ》つ辻《つじ》で立ち止まり、何気なく右手の堀川をみた。

三十間堀《さんじつけんぼり》に架かる紀伊国橋《きのくにばし》のほうに、白い湯気が立ちのぼっている。

「夜鷹蕎麦《よたかそば》か」

我慢できず、湯気のほうへ歩きだす。

ふと、道端に目が留まった。

「ん」

頭陀袋《ずだぶくろ》にしかみえぬ人が横たわっている。

「行き倒れか」

みなかったことにするわけにもいかず、そばに近づいた。

屈《かが》んで覗《のぞ》きこむと、やはり、行き倒れにちがいない。

口のそばに手を翳《かざ》せば、ちゃんと息をしている。

「おい、起きろ」

肩を揺すると、薄目を開けた。

月代《さかやき》も髭《ひげ》も伸び放題で、腰に刀を一本差している。
食い詰め浪人のようだが、年はまだ若い。
三十に届いておらぬであろう。
「こんなところで寝たら凍《こご》え死ぬぞ。どうだ、起きられるか」
ゆっくり身を起こすや、男は「ぐぐうっ」と、腹の虫を鳴らした。
蕎麦屋台の湯気はまだ、橋のそばに立ちのぼっている。
「詮方《せんかた》あるまい」
又兵衛は肩を貸し、屋台のほうへ引きずっていった。
温かい蕎麦が食えるとおもった途端、若侍は眸子《まなこ》を爛々《らんらん》とさせる。
まるで、餓鬼地獄《がきじごく》から生還した亡者《もうじゃ》のようだなと、又兵衛はおもった。
――ずずっ、ずずっ。
暖簾《のれん》の向こうで蕎麦を啜《すす》る先客は、裾《すそ》から朱色《しゆいろ》の蹴出《けだ》しを覗かせている。
いそいそと出てきたのは、顔を白壁のように塗った年増の夜鷹であった。
「お先にごめんなさいよ」
身を売って小銭を稼ぎ、一日に一食、十六文の掛け蕎麦を啜るのだ。
三十二文の月見を頼むのは気が引けるものの、やはり、ここは玉子をひとつずつ落としてもらわねばなるまい。
月見を二杯頼むと、胡麻塩頭《ごましおあたま》の親爺《おやじ》は返事もせずにつくりはじめた。
ほどもなく、湯気の立ちのぼる丼《どんぶり》が二杯並んで差しだされる。
隣の餓鬼は丼をじっとみつめ、彫像《ちょうぞう》のごとく固まってしまう。
「食わぬのか」
又兵衛はひと声掛け、蕎麦を威勢よく啜った。
――ずずっ、ずずずっ。
熱い汁が喉《のど》を通り、五臓六腑《ごぞうろっぷ》を温めてくれる。
これだ。
これでなくてはならない。
絶品の鰹出汁《かつおだし》に、喉越しも爽《さわ》やかな繋ぎ二割の二八蕎麦《にはちそば》。
出役で唯一の楽しみは、屋台の温かい蕎麦にほかならぬ。
隣の餓鬼は丼をみつめ、生唾《なまつば》をごくっと呑《の》みこんでいる。
さらに、消え入りそうな声で漏らした。
「猫舌なのでござる」
箸《はし》で手繰《たぐ》った蕎麦にふうふう息を吹きかけ、恐る恐る啜ってみる。

「熱っ」

「おいおい、蕎麦の食い方も知らぬのか」

箸を上下させればいくらかは冷めるので、猫舌でも食べられよう。

「ほれ、こんなふうにな」

「はあ」

餓鬼は骨法《こつ》を摑《つか》み、箸で摑んだ蕎麦を上下させ、ようやく食べはじめる。

――ずるっ。

よほど美味《うま》かったのか、眸子を瞠《みは》った。

仕舞《しま》いには丼ごと啖《くら》うほどの勢いで、一杯ぺろりと平《たい》らげる。

そして、目に涙を溜《た》め、切れ切れにことばを絞《しぼ》りだした。

「……ご、ご親切に……か、かたじけのう存じまする」

嗚咽《おえつ》まで漏らすので、又兵衛は慌《あわ》てて慰《なぐさ》めるしかない。

「何も泣くことはあるまい。困っておるときは、おたがいさまだ。おぬし、名は」

「市来数馬《いちきかずま》と申します」

年は二十六、八年前までは米沢《よねざわ》藩上杉《うえすぎ》家の歴《れっき》とした家臣であったが、拠所《よんどころ》ない事情で浪人暮らしを強《し》いられている。

「拠所ない事情とは、まさか、仇討《あだう》ちではなかろうな」

「そのまさかにござります」

気軽に聞いたのが、まちがいのはじまりであったかもしれない。

何と八年ものあいだ、父の仇《かたき》を捜しつづけているというのである。

「八年前と申せば、まだ十八ではないか」

「いかにも、さようにござります」

長男坊で兄弟はおらず、病《やまい》がちの母を養《やしな》わねばならぬとおもっていた。そうしたやさき、本懐《ほんかい》を遂《と》げるまでは母親の面倒をみてやると親類縁者に言いふくめられ、仇捜《かたきさが》しの旅につくことを余儀なくされたらしい。

表情をみれば、当時から乗り気でなかったことが察せられる。

「何せ、それがしは無骨者《ぶこつもの》」

剣術も名の知られた道場で習ったものではなく、大上段から力任せに斬りおろすだけの山出《やまだ》し剣法なのだという。

「北は津軽《つがる》から南は熊本《くまもと》まで、全国津々浦々《つつうらうら》を経巡《へめぐ》ってまいりました。されど、仇にはめぐりあえず、数日前に江戸へ戻ってまいった次第にござります」

これまでに五度も江戸へ足を運んでおり、長いときで一年ほど滞在したこともあったらしい。

「ともあれ、わしの家にまいろう」

又兵衛が誘ってやると、そういうわけにはいかぬと固辞《こじ》してみせる。

他人様《ひとさま》の親切に甘えれば、癖になって二晩、三晩とつづき、やがて、仇を討つ気力も失《う》せてしまう。それが恐ろしいと言うので、只《ただ》で住めそうな裏長屋を紹介してやることにした。

「行く先は本所《ほんじょ》だ。さすがに、今から向かうのはしんどい。すまぬが、今宵《こよい》だけはわしの家に泊まってくれ」

どうにか助けてやりたい気持ちに衝《つ》き動かされ、助ける身でありながら頭までさげて懇願《こんがん》する。

「そこまで仰《おっしゃ》るなら」

存外にあっさり応じられ、肩透《かたす》かしを食ったような気分になったが、一抹《いちまつ》の後悔も抱かなかった。

柄《がら》にもなく、俠気《おとこぎ》をみせたくなったのかもしれぬ。

あるいは、善行を積むことで出役の虚しさを忘れたかったのか。

又兵衛は濡れ落ち葉のごとき若侍の袖《そで》を摑み、土手際の道を軽やかな足取りで歩きはじめた。

二

自分は何者でもない。何ひとつ成《な》し遂《と》げていない。

それが口惜《くちお》しくてならぬと、市来数馬は声をあげて泣いた。

二十代の貴重な歳月を仇捜しに費《つい》やすしかなかったのだ。

たどってきた苦難の道程《みちのり》を嘆《なげ》きたくなるのも当然であろう。

又兵衛は同情を禁じ得ず、慰めることばを探すのに苦労した。

ともあれ、静香のつくった豆腐《とうふ》の味噌汁を呑めば、少しは落ちついてくれるはずだ。

そうおもってすすめると、数馬は離れて久しい故郷をおもいだしたのか、かえって涙ぐんでしまう。そして、涙声でぽつんと、仇の名を漏らした。

「小園十兵衛《こぞのじゅうべえ》と申します」

上杉家の家臣ではなく、宇和島藩伊達《うわじまだて》家の推挽《すいばん》で殿さまお抱えとなった槍師範《やりしはん》であった。上の連中からはそれなりの評価を受けていたものの、昼の日中《ひなか》から隠れて酒を呑んでいた。酒癖がすこぶる悪く、城下で野良犬を串刺《くしざ》しにしたところをみた者もあったという。

「まさに野良犬のごとく、父は腹を串刺しにされたのでございます」

小園十兵衛は常のように、菊池槍《きくちやり》を帯に差していた。

菊池槍とは刀のようにみえる「騙《だま》し槍」のことで、鞘《さや》代わりの柄《え》を抜けば七寸の片刃が飛びだす。

数馬の父は城下の道端で擦《す》れちがいざま、何の前触れも無く刺突《しとつ》された。

米沢の冬は寒い。寒風の吹きすさぶ逢魔刻《おうまがとき》であった。

「みた者はおりませんでした。されど、父はしばらく生きていた。通りかかった百姓に頼み、やられた相手の名を目付筋《めつけすじ》に告げてもらったのでございます」

父は槍の指南を受けたことがあったため、小園の人相をおぼえていたのだ。

小園は辻強盗《つじごうとう》を装《よそお》うつもりだったのか、父がいつも携《たずさ》えていた刀を奪った。

「家宝の堀川国広《ほりかわくにひろ》にございます。原方衆《はらかたしゅう》には過ぎたるものと、上士の方々《かたがた》から言われておりました」

「原方衆とな」

古い文献で読んだことがある。上杉家二代当主の景勝《かげかつ》は関ヶ原の戦いで敗れた西軍に加担し、会津若松《あいづわかまつ》百二十万石から米沢三十万石に減封《げんぽう》された。六千余りの家臣を引きつれて米沢へ移ったのは、慶長六（一六〇一）年のことであったという。

　狭い城下にすべての家臣を割りあてることができず、身分の低い藩士たちは荒涼とした僻地《へきち》に聚落《しゅうらく》を築いて住まわされた。平常は農地を耕《たがや》しながら、藩から指図があれば川普請《かわぶしん》や道普請に駆りだされる。暮らしは困窮《こんきゅう》を極め、男も女も麻布《あさぬの》のなかに蒲穂《かまほ》を詰めた布子《ぬのこ》を纏《まと》い、髪は松脂《まつやに》で固めて紙縒《こより》で結んでいたという。

　下士のなかでも下の下に置かれたのが、原方衆にほかならない。

「城下の連中からは、糞《くそ》つかみと蔑《さげす》まれておりました。それゆえ、父の死も当初はさほどの大事にはならなかった。百姓の訴えがあったにもかかわらず、目付筋は辻《つじ》斬《ぎ》りと断じたほどにござりました」

　だが、あきらかに小園十兵衛は数馬の父を殺《あや》め、家宝の堀川国広を盗んで出《しゅっ》奔《ぽん》した。藩の目付筋は小園は一身上の都合で出奔したと決めつけたが、一連の裁定に怒った原方衆が川普請を放棄する暴挙に出た。さらには、裁定を覆《くつがえ》さねば筵《むしろ》旗《ばた》を立てて一揆《いっき》に訴えると息巻いたため、藩政を司《つかさど》るお歴々は腰を抜かさんばかりに驚いたという。

「積年の恨《うら》みも相俟《あいま》って、父の仲間が意地をみせたのです」

自分たちも侍なのだ。侍として扱ってほしいというのが、原方衆の切なる願いだったにちがいない。

「裁定は覆りました」

と、数馬は胸を張る。

「鷹山《ようざん》公より鶴の一声があったからだと聞いております」

「なるほど、上杉鷹山公か」

善政によって、逼迫《ひっぱく》していた藩財政を好転させた。米沢にこの人ありと評された名君である。隠居後は藩主治広《はるひろ》公の後ろ盾《うしだて》となり、藩政を支えつづけていた。その治広公も中風《ちゅうふう》で隠居せざるを得なくなり、養孫《ようそん》の斉定《なりさだ》公が家督《かとく》を継《つ》いでいる。

鷹山公の鶴の一声の真偽は判然とせぬが、理不尽《りふじん》な裁定は覆され、藩からは正式に仇討ちがみとめられた。積もり積もった憤懣《ふんまん》を暴発させた原方衆は矛《ほこ》を収め、忘れ形見の数馬が仇討ちに挑《いど》む追っ手となった。

「知りあいに路銀《ろぎん》を授《さず》けられ、盛大な見送りも受けました」

だが、多難な前途を覚悟せねばならなかった。おそらく、年を重ねるうちに人々の関心は薄まっていき、市来数馬の動向を気に掛ける者もおらぬようになろう。

国許《くにもと》の動向など窺《うかが》う術《すべ》もないが、きっとそうにちがいないと、数馬自身はおもっている。

ともすれば投げやりな気持ちに陥《おちい》ってしまいかねず、何度となく今の暮らしから逃げだそうとした。それでも、仇捜しの道にしがみついているのは、父の無念を晴らしたい一念からだった。

「母には『死んだものとおもっております』と言われ、送りだされました。それゆえ、一度たりとも文《ふみ》を書いたことがありませぬ。はたして、今もご健勝であられるのかどうか、気懸《きが》かりと申せばそのことでございます」

旅立ちからこれまでの経緯を感慨深く聞いた翌朝、又兵衛は数馬を連れて永代橋を渡った。

訪ねたさきは本所吉田町《ほんじよよしだちよう》、夜鷹の巣窟《そうくつ》として知られる淫靡《いんび》な界隈《かいわい》の一隅《いちぐう》に、うらぶれた裏長屋が建っている。そこに、病で亡くなった大家の娘と所帯を持った「櫛侍《くしざむらい》」が住んでいた。

名は稲美徹之進《いなみてつのしん》、岸和田《きしわだ》藩の元馬廻《うままわ》り役《やく》だが、ゆえあって浪人となり、藩の特産品として知られる柘植《つげ》の櫛を内職でつくっている。櫛造りもさることながら、歌詠《うたよ》みの名人であり、又兵衛とは歌詠みの会で知りあった。

昨年の文月《ふみづき》、七夕《たなばた》の数日前に催《もよお》された歌詠みの会において、稲美の詠んだ句が一席に選ばれ、又兵衛の句が二席に選ばれた。馬が合って親しくなったが、稲美はとある事情を抱えていた。二十年前に斬られた父の仇討ちである。討たねばならぬ相手は父の竹馬《ちくば》の友で、あやまって斬ったらしかった。それでも、本懐を遂げねばならぬのが武士というもの、二十年も経《た》って仇のほうから名乗りでてきた。

稲美は妻子をもうけ、つましいながらも幸せな暮らしをいとなんでいる。今さら仇討ちと言われても気乗りがせず、ありがた迷惑なはなしだった。回避する手立てはないものか、又兵衛も陰ながら頭を悩ませたが、稲美は一計を案じ、刃引《はびき》刀《とう》を携えて相手を斬ったことにした。藩には滞《とどこお》りなく仇討ちをやり遂げたと告げ、みずから帰参《きさん》の道を閉ざしたのだ。

稲美ならば、市来数馬の事情も理解できようし、只同然で住める空き部屋も用意してくれるはずだ。

そうおもって訪ねると、稲美は喜んで迎えいれてくれた。

「なるほど、はなしはわかった。ほかならぬ平手どのの頼み、受けいれぬわけにはいくまい。ちょうど、空いている部屋もあるし、今から住んでもらってけっこうだ」

とんとん拍子《ひょうし》にはなしが進み、恐縮して頭《こうべ》を垂れる数馬に向かって稲美は力強いことばを送る。

「相身《あいみ》たがい。わしも他人様の親切に縋《すが》って生きてきた。遠慮することはない。それにな、落ちこむこともないぞ。おぬしは仇を捜して八年らしいが、わしは二十年越しで仇討ちをやったのだからな」

上には上がいると告げられ、数馬の顔に生気が甦《よみがえ》ってくる。

稲美はさらにつづけた。

「上杉鷹山公と申せば、よく知られたことばがあるではないか」

すかさず、数馬が口ずさむ。

「為《な》せば成《な》る為さねば成らぬ何事も、成らぬは人の為さぬなりけり」

「さよう。わしも辛《つら》いときは鷹山公のおことばを口ずさみ、おのれを励《はげ》ましたものだ」

「それがしも、朝に夕に念じております」

「鷹山公は、弥生《やよい》に身罷《みまか》ってしまわれたらしいな」

「はい」

身罷ったのを知ってから半月ほど、数馬は魂《たましい》の抜《ぬ》け殻《がら》のようになっていたらしい。

「鷹山公も見守っていてくださる。おぬしはかならずや、本懐を遂げるに相違《そうい》ない」

「励ましていただき、かたじけのう存じます」

「ところで、仇のあてはあるのか」

「いいえ」

小園十兵衛は江戸に潜《ひそ》んでいるという風の噂《うわさ》を信じ、足を運んでみただけのことだという。

「よかろうさ。不思議なもので、予期せぬときに仇はみつかる」

何ひとつ根拠はないが、稲美のことばには重みがあった。

無視できぬと感じたのか、数馬はじっと聞き入っている。

「ところで平手どの、一句詠まれぬか」

ふいに水を向けられ、又兵衛はにっこり微笑《ほほえ》んだ。

「いいですよ。お題は」

「そうさな、冬至《とうじ》はいかがであろうか」

「できました」

「早いな。伺《うかが》おう」

「南瓜《かぼちゃ》煮て柚湯《ゆずゆ》をたててしのぐ夜」

「ほう、風物を並べられたか。されば、それがしも」

「伺いましょう」

「熱燗《あつかん》が胃《い》の腑《ふ》に沁《し》みる寒《かん》の入《い》り」

「燗と寒を掛けられたな」

「いかにも」

「おふたりとも、お上手ですな」

はじめて笑った数馬も、促《うなが》されて一句詠んでみる。

「日短《ひみじか》に仇《かたき》をみつけ討ちはたす」

やはり、どうしても仇討ちが頭から離れぬらしい。

「まあよかろう。ともあれ、近くの煮売り酒屋で一献《いっこん》、どうであろう」

親しき友に誘われたら、断る理由は何もない。

又兵衛は数馬の袖を引き、稲美の痩《や》せた背中にしたがった。

三

翌日の午後、江戸に初雪が降った。

「ひゃっほう、おちよ、雪だぞ」

子犬のようにはしゃぐのは、お調子者の甚太郎である。

町奉行所の門前には、訴人の待合に使う葦簀《よしず》張りの水茶屋《みずぢゃや》が五軒ほど並んでおり、そのうちのひとつに「名物みそこんにゃく」という字が白抜きにされた萌葱《もえぎ》色《いろ》の幟《のぼり》がはためいていた。

小者の甚太郎が常のように居座り、下女のおちよと乳繰《ちちく》りあっている。

面倒臭《めんどうくさ》いので、又兵衛は気づかれぬように背を向けた。

そこへ、さっそく声が掛かる。

「鷭《ばん》の旦那、ちょいとおはなしが」

胡座《あぐら》を掻《か》いた鼻の穴を押っ広げ、甚太郎がすっ飛んできた。

仕方なく立ち止まり、白い溜息とともに問うてやる。

「何のはなしだ」

「へへ、熱いお茶でもいかがです」

袖をつんと引かれて通りを渡ると、気の利《き》くおちよが熱い茶を淹《い》れてくれた。表の長椅子《ながいす》は寒いので、丸火鉢の置かれた裏へまわる。

「さ、どうぞ」

おちよの差しだす平皿には、誰が食べても美味いと評判の味噌蒟蒻《みそこんにゃく》が載っている。

又兵衛は甘辛《あまから》い味噌を嘗《な》め、温かい蒟蒻を頬張《ほおば》った。

「いかがです。寒い日にゃ、こいつが一番でやんしょ」

甚太郎の言うとおりだが、口惜しいので返事もしない。

「ところで、はなしとは何だ」

「じつはさきほど、襤褸《ぼろ》を着た夜鷹が門前に駆けこんでめえりやしてね、辻斬りをみたから何とかしてくれって必死に訴えておりやした。ところが、ご当番役の旦那は相手が夜鷹とみるや聞く耳を持たず、門前払いにしちまったんです。あんまりなはなしじゃござんせんか。あっしはほら、ご存じのとおり、弱い者をみると助けずにはいられなくなる性分でやんすからね、可哀相な夜鷹を見世《みせ》に連れてきて、じっくりはなしを聞いてやったんですよ」

辻斬りがあったのは今朝方、未《ま》だ明《あ》け初《そ》めぬ頃であった。ところは四谷《よつや》の鮫《さめ》ケ《が》橋《はし》、本所吉田町と並んで夜鷹の巣窟として知られる界隈である。柳の木陰に佇《たたず》んでいた同業の知りあいが、野良犬のようにばっさり斬られた。

陰惨《いんさん》な場面を目にした夜鷹は腰を抜かしかけたが、どうにか難を逃れ、抱え主にみたままを告げた。ところが、抱え主は厄介事《やっかいごと》に巻きこまれるのを嫌い、自身番に訴えようとしなかった。恐怖に駆られた夜鷹はあきらめきれず、町奉行所へ駆けこむしかないとおもったのだ。

「名はおろく、と言いやす。縁起の悪い名だって、自分でも言っておりやした。何せ、おろくってのは死人のことでやんすからね」

辻斬りの風体《ふうてい》を聞き、又兵衛は身を乗りだす。

「瘦せてひょろ長い四十絡みの男で、帯に三刀を差していやがったとか」

「三刀差《さんとうざ》しか」

じつを言えば、巷間《こうかん》を騒がしているざんぐり党の首魁《しゅかい》の十兵衛は「三刀差し」の異名で呼ばれていた。甚太郎はそのことを知らなかったらしく、又兵衛が説《と》いてやると心の底から口惜しがった。

「くそっ、知ってりゃ、ほかの旦那に必死で掛けあってやったのに。何せ、その辻斬り野郎が、ざんぐり党の首魁かもしれやせんからね」

おろくという夜鷹に会って、直《じか》にはなしを聞いてみたくなった。

ざんぐりという奇妙な呼び名が、以前から気になっていたからだ。

焼き物の風合《ふうあい》や刀の地鉄《じがね》にあらわれた肌目《はだめ》を表現する際などに使われるが、呼び名の由来を知る者は捕り方のなかにいなかった。

知らぬことを是が非でも知りたいという欲求が、又兵衛を衝き動かしたのである。

「ようござんす。今からめえりやしょう」

甚太郎は腕捲《うでまく》りをし、木《こ》っ端《ぱ》のような腕を叩いてみせる。

さきほどまでちらついていた雪は、まだら雪に変わっていた。

「ひょっとしたら、積もるかもしれやせんね」

夜鷹の屯《たむろ》する鮫ヶ橋へたどりつくには、奈落《ならく》の底に通じる急坂《きゅうざか》を下りていかねばならない。

出役の際には辟易《へきえき》としていたのに、何故《なぜ》、みずから好んで厄介事に首を突っこもうとするのか、又兵衛は自問自答してみる。

もとより、手柄など望んではおらぬ。

とどのつまり、よくわからなかった。

あまりに寒いので途中で後悔したが、やる気をみせる甚太郎の手前、やっぱり止めたと背を向けるわけにもいかず、悴《かじか》んだ爪先を懸命に繰りだすしかない。

坂道を下って鮫ヶ橋へ着いた頃には、あたりはとっぷりと暮れていた。

雪は降りつづいており、凍えた爪先は感覚すらもなくなっている。

「たぶん、このあたりでやんす」

甚太郎は左右をきょろきょろみまわし、露地裏《ろじうら》の片隅に消えていった。

すぐさま、脇の暗がりから顔を差しだし、手招きしてみせる。

「鶴の旦那、こっちこっち」

露地裏に一歩踏みこむと、うらぶれた長屋の軒《のき》に行燈《あんどん》が点々と連《つら》なっていた。

銭しか持たぬ遊客をくわえ込む四六見世《しろくみせ》のようだが、訪ねるさきはそちらではない。

対面の堀川に沿って柳並木がつづいており、かぶり手拭《てぬぐ》いで菰《こも》を抱えた夜鷹たちが幽霊のように佇んでいる。

しばらくすると、甚太郎はひとりの夜鷹を連れてきた。

「旦那、おろくでさあ」

「お、そうか」

夜鷹は遠慮がちにお辞儀し、上目遣《うわめづか》いに睨《にら》んでくる。

又兵衛は袖の内をまさぐり、一朱金《いっしゅきん》を一枚取りだした。

夜鷹にとっては過分な報酬らしく、おろくは膝《ひざ》にくっつくほど頭をさげる。

「教えてくれ、辻斬りの顔をみたのか」

「いいえ、はっきりとは。でも、月代は伸びておりましたよ」

このあたりでは見掛けぬ浪人風体の男だった。

「あの娘、野良犬みたいに斬られたんですよ」

おろくは口をへの字に曲げ、目に涙を溜める。

又兵衛は睫毛《まつげ》を伏せ、白い溜息を吐《つ》いた。

「帯に三刀差していたのは、わかったのだな」

「ええ」

男はまんなかの刀を抜き、夜鷹の胸を袈裟懸《けさが》けに斬った。

「まんなかか」

内側の一本は脇差《わきざし》だとして、もう一本は刀であろうか。それにしても、何のために三本も差しているのか、まったく見当すらつかない。

「男に何か変わった様子は」

「千鳥足《ちどりあし》でしたよ」

男はすぐにその場を離れず、血の滴《したた》る刀身をじっとみつめていたらしい。

「何か言ったか」

「言いましたよ。『ふん、刃こぼれか』って」

「ん、なるほど」

おろくから、ほかに目新しいはなしは聞けなかった。

それでも、足労《そくろう》した甲斐《かい》はあったようにおもう。

大事な刀なら、研《と》ぎに出そうとするかもしれぬ。

神田《かんだ》の佐柄木町《さえきちょう》には、親しい研ぎ師がひとりいた。

駄目元で当たってみてもよかろう。

おろくは背を向けて遠ざかり、こちらを振りかえった。

指で地べたを差し、お辞儀をしてから暗がりに消える。

甚太郎を連れて柳の根元に向かうと、おろくが指差したあたりに白い花が手向《たむ》けられていた。帷子《かたびら》のごとく積もった雪のうえで気高《けだか》く香る花は、雪中花《せっちゅうか》とも呼ばれる野水仙《のずいせん》であろう。

名も無い夜鷹は、ここで斬られたのだ。

「ひでえことをしやがる」

甚太郎は洟水を垂らし、苦々しげに吐きすてる。

あきらかに、血の通っていない者の仕打ちだ。

腹の底から、名状《めいじよう》し難《がた》い怒りが湧《わ》いてくる。

それが実感できただけでも、足を運んだ甲斐はあった。

――野良犬みたいに斬られたんですよ。

おろくの台詞《せりふ》が耳から離れない。

三刀差しの浪人がざんぐり党の首魁であろうとなかろうと、夜鷹殺しの下手人《げしゆにん》を捕まえてやらねばなるまいと、又兵衛は胸の裡《うち》につぶやいた。

四

翌日、雪は解けた。

佐柄木町の研ぎ師は、名を樽次郎《たるじろう》という。

無愛想《ぶあいそう》な職人気質《かたぎ》の親爺だが、本物の価値を知る客には心を開いて接した。

又兵衛は樽次郎もみとめる数少ない客のひとりで、頼みは何でも聞いてくれる。

もちろん、研ぎに関することばかりだが、おのずと刀剣の良し悪しにもはなしはおよび、時が経つのを忘れてしまうこともしばしばだった。

辻斬りのはなしを振ってみると、樽次郎は黙って眸子《まなこ》を細めた。

何か知っているときの表情である。

「ご存じのとおり、あっしらの縄張りは狭《せも》うございます。何処《どこ》の研ぎ師にどんな刀が持ちこまれたか、曰《いわ》くありげな名刀なら、半日で噂話は広まってしまいます」

おかげで廻《まわ》り方《かた》の同心たちにも重宝がられているが、質屋といっしょで金になる故買品《こばいひん》が持ちこまれることも多いため、何から何まで役人に告げるわけにはいかない。役人には告げぬはなしでも、又兵衛が望めば樽次郎は喋《しゃべ》ってくれた。

「そいつはたぶん、堀川国広のことでしょうな」

辻斬りのあった昨日の朝方、麻布《あざぶ》の狸穴坂下《まみあなざかした》にある研ぎ師のもとへ持ちこまれた刀らしい。

「血曇りから湯気が立っていたとか。研ぎ師の松造《まつぞう》が不審におもって尋ねたら、刀を預けにきた相手は野良犬を斬ったとこたえたそうです」

「野良犬か。なるほど、たぶん、その刀だな」

「拭いをかけたら、ざんぐりした肌目の名刀だったとか」

地鉄は板目肌《いためはだ》に杢目《もくめ》や柾目《まさめ》の交《ま》じった縮緬風《ちりめんふう》の肌合いで、鍛《きた》え目は緊密であるにもかかわらず、肌目に沿って地景《ちけい》が盛んにはいっているせいか、肌が荒々しくみえる。丹念に鍛えられた肌目がくっきりと目立つ地鉄の様子を、刀鍛冶《かたなかじ》や研ぎ師は「ざんぐり」と言いあらわすのである。

又兵衛は驚き、ことばを失っていた。

「……ざんぐりか。その刀、堀川国広にまちがいないのだな」

「茎《なかご》にも銘《めい》が鐫《き》られてあったと聞きました。携えてきた渡《わた》り中間《ちゅうげん》の言ったとおり、堀川国広にまちがいなかったそうです」

「ん、渡り中間が持ちこんだのか」

「はい、そう聞きましたが」

辻斬りをやった浪人が、渡り中間にでも託したのだろうか。

案じられるのは、松造なる研ぎ師のもとに刀がまだあるかどうかだ。

刀があれば、受けとりにきた者を待ちぶせし、捕まえることもできよう。

樽次郎は聞き捨てならぬことを口走った。

「その刀、棟区《むねまち》に深い疵《きず》があったそうです」

堀川国広は慶長期にはいってから打たれた刀なので、さほど古いものではない。

たいていは二尺前後に短く擦《す》りあげてあり、茎《なかご》の特徴や疵などから持ち主を特定することができる。

脳裏《のうり》に浮かんだのは、市来数馬の顔だ。

もしかしたら、という直感がはたらいた。

研ぎ師のもとに持ちこまれた刀は、数馬の父が携えていた市来家の家宝かもしれぬ。かりにそうなら、夜鷹殺しの浪人が父の仇である疑いも生じてこよう。しかも、浪人は「三刀差し」の異名を持つざんぐり党の首魁かもしれぬのだ。

首魁の名は十兵衛、仇の名も小園十兵衛にほかならない。

野良犬のように人を斬った手口も似ているような気がする。

又兵衛は興奮の面持《おもも》ちで樽次郎に礼を言い、さっそく麻布の狸穴坂へ向かうことにした。

が、その前に簡単な文をしたため、数馬のもとへ使いを出す。

用件は告げず、狸穴坂の坂上で落ちあうことにしたのである。

夕暮れが近づいた頃、又兵衛は坂上にたどりついた。

これも何かのめぐりあわせか、面前の大名屋敷は米沢藩上杉家の中屋敷である。

やがて、市来数馬が息を切らしながらやってきた。

「平手さま、お待たせいたしました」

「おう、来たか」

「何か火急のおはなしでも」

「すまぬ、火急というほどの用件でもないが、ともに行ってほしいところがあってな」

「はあ」

数馬は返事をしつつも、中屋敷の海鼠塀《なまこべい》から目を逸《そ》らす。

おそらく、上杉家のそばには近づきたくないのだろう。

ふたりは肩を並べ、勾配《こうばい》のきつい坂を下りていった。

坂下の片隅に「研《と》ぎ松《まつ》」なる看板が立っている。

「ここだな」

店の敷居をまたぐと、北向きの部屋に松造らしき五十男が座っていた。

三和土《たたき》には大小の研ぎ石が転がり、壁や床には刀剣が無造作《むぞうさ》に置かれている。

「邪魔するぞ」

ひと声掛けても、松造は顔をあげようともしない。

耳が遠いのだろうか。それとも、偏屈《へんくつ》な男なのか。

もう一度声を掛けようと息を吸った瞬間、後ろの数馬が「あっ」と漏らした。

刀を研ぐ松造の手許《てもと》に、目を釘付けにされている。

「この刀に何ぞご用でしょうか」

松造は掠《かす》れた声をあげた。

「いや、おもいすごしであろう」

数馬は慌てた様子で首を横に振る。

すかさず、又兵衛が口を挟んだ。

「おもいすごしではないぞ。ざんぐりした肌目の風合から推《お》すと、あれはたぶん、堀川国広だ。のう、松造、そうであろう」

「いかにも、さようにござります」

「棟区《むねまち》に疵があろう。それをみせてもらえぬか」

「どうぞ」

松造は手拭いで水気を拭《ふ》き、うやうやしく差しだす。

又兵衛は無言でうなずき、かたわらの数馬を促した。

数馬は緊張で頬《ほお》を強張《こわば》らせながらも、刀身を手に取って灯明《とうみよう》の光に翳《かざ》し、嘗めるように眺《なが》める。

棟区の疵は深く、三日月《みかづき》の刀身彫刻《とうしんちようこく》にみえた。

なるほど、これだけの疵はふたつとなかろうし、疵を研がずに残しておきたい気持ちもわかる。

「まちがいござりませぬ。先祖が島原《しまばら》の乱に従軍した際、戦《いく》さ場《ば》でついた疵と聞いております」

「やはり、そうであったか。刀に込められたご先祖の魂魄《こんぱく》が、おぬしを呼びよせたのかもしれぬ」

又兵衛のことばにも、松造は動じない。

「お返し願えますか。仕上げに掛からねばなりません」

「すまぬ」

数馬は何故か謝り、八年ぶりで目にした宝刀を研ぎ師の手に戻す。

又兵衛がことばを接《つ》いだ。

「もうわかったであろう。それはこちらの市来数馬どののお父上が携えておられた名刀だ」

「なるほど、元の持ち主であられますな。それにしても、よくぞここがおわかりになりましたな」

「佐柄木町の樽次郎に聞いた」

「へえ、樽次郎が喋ったとなりゃ、旦那は信用できるおひとってことになる」

「ああ、信用してくれ。おぬしをどうこうする気はない」

「いってえ、何がお望みで」

「そのまえに、何があったか経緯をはなしておかねばならぬ。昨日の明け方、四谷鮫ヶ橋で辻斬りがあった。斬られたのは哀れな夜鷹だ。斬った男が渡り中間に託して持ちこませたのが、その堀川国広だったというわけさ」

「旦那は町奉行所のお役人であられましょうか」

「案ずるな。内勤ゆえ、故買品を召しあげる気はない。夜鷹を斬った男を捕まえたいだけだ」

「手を貸せと仰るなら、お断りいたします」

きっぱりと断られたので、又兵衛は小首をかしげてみせる。

「どうして」

「どんな事情を抱えていても、いったん研ぎの仕事をお請けした以上、お客さまを裏切るわけにはまいりません」

職人の矜持《きょうじ》が言わせた台詞であろう。

「仕事はきちんとやればよい。研いだ刀も取りにきた相手に渡せばよい。ただ、いつ頃取りにきそうかだけ教えてくれ」

「たぶん、あと半刻（約一時間）のうちには来られましょう」

「ほっ、そうか。ならば、外の物陰から見張っておるゆえ、渡した相手がわかるように合図を送ってはくれまいか」

「かしこまりました」

あっさり承知してもらえたので、又兵衛は詰めた息を吐きだした。

やはり、夜鷹殺しと聞いて、客扱いはできぬとおもったのだろう。

「何やら、気が咎《とが》めますな」

目の前に元の持ち主がいるのに、盗人《ぬすっと》かもしれぬ別の相手に名刀を渡さねばならぬ。

考えてみれば、おかしなはなしだ。

「詮方あるまい。商売だろうしな」

かえって、さりげなく手渡してもらったほうがよい。刀を受けとった相手の背中を尾《つ》ける気でいるからだ。

又兵衛は松造に礼を言い、いったん店から外へ出た。

疾《と》うに日は落ち、坂下は薄闇に包まれている。

あまりにも寒いので、数馬は襟元《えりもと》を寄せた。

「平手さま、今ひとつ事情が呑みこめませぬ」

「そうであろうな。おぬしにしてみれば、狐《きつね》につままれたようなものであろう。わしだって同じだ。やはり、お父上の刀が導いてくれたとしかおもえぬ」

「夜鷹殺しの下手人が、仇の小園十兵衛かもしれぬ。そういうことなのですね」

「それだけではないぞ」

「と、仰いますと」

「ざんぐり党は知っておるか」

「いいえ、知りませぬ」

「そうか、江戸へまいったばかりだからな。ざんぐり党は市中を騒がせておる残《ざん》虐《ぎやく》な夜盗《やとう》一味で、町奉行所にとっては是が非でも捕まえねばならぬ輩《やから》だ。じつは、ざんぐり党の首魁が十兵衛と申すのよ」

「えっ」

「そやつが小園十兵衛なら、世を騒がすざんぐり党の首魁こそ、おぬしの仇というはなしになる」

「げっ、まことですか」

数馬は眸子を輝かせ、にわかに殺気を漲《みなぎ》らせる。

「まあ待て」

今は当《あ》て推量《ずいりょう》にすぎぬ。焦《あせ》るにはまだ早い。

又兵衛も自戒するように言い、興奮する数馬を落ちつかせた。

五

松造の言ったとおり、しばらくすると、それらしき中間風の男がやってきた。

左右をみて誰もいないのを確かめてから、店の敷居をまたぐ。

そして、刀を大事そうに抱え、いそいそと外へ出てきた。

常ならば客を見送らぬ松造も、外へ出てきて頭をさげる。

物陰からそれと察した又兵衛と数馬は、中間の背中を追いはじめた。

ぽっと、提灯《ちょうちん》の灯《あか》りが点《とも》る。

中間は狸穴坂を下りきり、麻布十番《あざぶじゅうばん》から南へ向かった。

又兵衛たちは一定の間合いを空けて提灯を追い、どんつきの薪炭置場《しんたんおきば》へたどりつく。

薪炭置場のさきには新堀川《しんぼりがわ》が流れており、中間は飯倉新町《いいぐらしんまち》のほうを迂回《うかい》すると、曲尺《かねじゃく》のように曲がった川に沿って南へ歩きはじめた。一之橋《いちのはし》、二之橋《にのはし》、三之橋《さんのはし》を経《へ》て、四之橋《しのはし》へたどりつく途中で、新堀川は緩《ゆる》やかに西へ向きを変える。

中間は四之橋を渡って右手に折れ、ひとつ目の三つ股を左手に折れた。

あたりは漆黒《しっこく》の闇に閉ざされ、提灯の灯りだけが心許《こころもと》なく揺れている。

「山狗《やまいぬ》でも出てきそうだな」

おもわず、又兵衛はつぶやいた。

絵図を脳裏に浮かべてみれば、白金村《しろかねむら》のあたりであろう。

三光坂《さんこうざか》の麓《ふもと》にある専心寺《せんしんじ》という浄土宗《じょうどしゅう》の寺に、一度だけ梅をみにきたことがあった。それ以外には足を延ばしたこともない。江戸に不案内な者にとっては未知の土地にほかならず、数馬は提灯の灯りを見逃すまいと必死に眸子《まなこ》を凝らしている。

中間の足が速くなってきた。

目的地が近いのかもしれない。

白金村は畑が大半を占《し》め、寺領も広い。

道沿いには、大名家の下屋敷も散見された。

又兵衛は歩きながら、頭に絵図を浮かべてみる。

専心寺を過ぎて三光坂をのぼった左右にも、大名家の敷地があった。たしか、向かって右手は近江大溝藩《おうみおおみぞ》分部《わけべ》家、さらに、左手はと考えたところで「あっ」と声が漏れる。

中間は専心寺の門前を通りすぎ、三光坂をのぼりはじめたところだ。そして、坂の途中で足を止め、左手の下屋敷へ消えていく。

「平手さま、あそこです。大名家の下屋敷にござりますぞ」

「そのようだな。あそこはたぶん、上杉家の下屋敷だ」

「おもいだしました。たしかに、白金屋敷でござります」

仇捜しの旅で江戸へ立ち寄ったとき、門前まで足を延ばしたことがあったらしい。

又兵衛は吐きすてる。

「大名の下屋敷に渡り中間とくれば、やることはひとつしかなかろう」

「丁半博打《ちょうはんばくち》にござりますか」

「ふむ」

中間部屋は鉄火場《てっかば》と化しているとみてまちがいなく、刀の持ち主が居座っているであろうことも容易に想像できる。

「どういたしましょう」

「潜《もぐ》りこむしかなかろうな」

「どうやって」

しばらく、木戸口で様子をみるしかあるまい。

ふたりは坂道をのぼり、下屋敷の門前へたどりついた。

中間が消えたのは脇道で、そちらから奥へ向かってみると、木戸口の手前で提灯が揺れている。

中間部屋への入口らしい。

提灯は裏木戸の向こうへ消えた。

忍び足で近づき、塀際の暗がりに身を潜める。

裏木戸は閉められ、内は静まりかえっていた。

しばらく待っていると、別の人影が近づいてくる。

提灯を手にあらわれたのは、手代風の中年男だった。

とんとんと木戸を二度敲《たた》けば、向こうから声が掛かる。

「門前の小僧」

すかさず、手代は応じた。

「習わぬ経《きょう》を読む」

すっと木戸が開き、手代は内へ消えていく。

「なるほど、合い言葉はいろは歌留多《かるた》だな」

と、又兵衛が囁《ささや》いた。

「気をつけねばならぬぞ。いろは歌留多は江戸版と上方《かみがた》版で異なるゆえな」

「門前の小僧は、どちらですか」

「江戸版だ。上方版の『も』は、餅《もち》は餅屋だからな」

「されば、こたえは江戸版で」

「そういうこと」

又兵衛は歩みより、覚悟を決めて木戸を敲いた。

――とんとん。

すぐさま、問いが投げかけられる。

「仏の顔も」

えっと唾を呑みこみ、気を取りなおして何とか応じた。

「三度」

一瞬の静寂があり、木戸が開く。

ふたりは縦《たて》になり、第一の関門を潜《くぐ》りぬけた。

木戸の内には、へらついた顔の中間が立っている。

江戸版のいろは歌留多で「ほ」は「骨折り損のくたびれもうけ」なので、問われたのは上方版いろは歌留多のほうであった。又兵衛がこたえに窮《きゅう》しかけたのは、そのせいである。どうやら、江戸版も上方版もまぜこぜにしているらしい。

一説によれば「仏の顔も三度」の「仏」とは不浄《ふじょう》役人をさし、巾着切《きんちゃくきり》にたいして三度までは大目に見てやるが四度目はないぞと発する警句なのだという。

まあよかろう。細かいことは気にせぬほうがよい。

ふたりは提灯に導かれ、母屋《おもや》から離れた中間部屋の玄関にたどりついた。

玄関には下足番《げそくばん》が控えており、履き物と大小を預ける決まりになっている。

数馬はわずかに躊躇《ためら》ったが、又兵衛に促されて素直に刀と脇差を預けた。

軽くなった腰で長い廊下を渡ると、奥の喧噪《けんそう》が次第に大きくなってくる。

「さ、あちらへ」

中間部屋に踏みこむと、煙草《たばこ》の煙が雲のように垂れこめていた。

入口のそばで金を払って木札を買い、細長い盆茣蓙《ぼんござ》の片隅に向かう。

畳を三枚ほど横に並べた盆茣蓙の三方は、客でぎっしり埋まっていた。

町人もいれば侍もおり、百姓らしき男や坊主まで見受けられる。誰もが新参の客には目もくれず、壺振《つぼふ》りの手許しかみていない。壺振りは二個の賽子《さいころ》を壺に入れ、巧《たく》みな手捌《てさば》きで壺をまわし、えいやっとばかりに賽《さい》の目を振りだす。

「一《ぴん》ぞろの丁」

かたわらの中盆《なかぼん》が賽の目を告げるや、客のなかから歓声があがった。

「ひゃっほう、いただきだぜ」

溜息を漏らす者も大勢おり、張った木札が手長で回収される様子を淋しげに見送るしかない者もある。

すっからかんのおけらになっても、席を離れられずにじっと唇《くちびる》を嚙《か》む者もあった。そうした連中の背後には、胴元の手下が影のように近づき、木札を融通《ゆうずう》してやってもよいと囁く。

たいていの客は甘い誘いに乗り、この場で身ぐるみを剝《は》がされるだけでなく、持っている財産のすべてを借金のかたに差しだし、仕舞いにはすべてを失ってしまう。たとえば、金品や家屋敷の沽券状《こけんじょう》だけでなく、女房や娘を失うことも稀《まれ》ではなかった。借金のかたに取られた女たちは苦界《くがい》に売られ、売った男は生《い》き恥《はじ》を晒《さら》すか、首でも縊《くく》るしかなくなる。

取り返しのつかぬ顚末《てんまつ》が容易に想像できるのに、莫迦《ばか》な男どもは盆茣蓙に際限もなく木札を積もうとするのである。

又兵衛も、せっせと木札を積みはじめた。

「丁」

「半」

すぐさま、左右から声が追いかけてくる。

丁半の駒《こま》が揃《そろ》い、壺振りが巧みに壺を振った。

振りだされた賽の目に、客の目が釘付けにされる。

「五二《ぐに》の半」

中盆の手長が伸び、鼻先の木札を攫《さら》っていく。

めげずに、又兵衛は木札を賭《か》けた。

「丁」

あくまでも、丁押しでいく。

振りだされた目は「四三《しそう》の半」だ。

初手は勝たせてくれるとおもったが、甘かったらしい。

五度もつづけて丁に張り、木札をすべて使いはたした。

かたわらの数馬は、呆《あき》れ顔で溜息を吐《つ》くしかない。

すると、音も無く人の気配が近づき、後ろから囁きかけてきた。

「旦那、よろしかったら、木札を融通しやすぜ」

振りむけば、悪相の中間が微笑んでいる。

「質草《しちぐさ》はお刀でけっこうでさあ」

又兵衛は「ふん」と鼻を鳴らした。

「預けた刀は業物《わざもの》でな、中間ごときに価値はわからぬ」

「へへ、あちらに鑑定のできるお方がおられやす。何なら、ご自分で抜いてご覧にいれてもようござんすよ」

「さて、どうするかな」

衝立《ついたて》の向こうは、胴元の控えるところにちがいない。

もしかしたら、ざんぐり十兵衛こと小園十兵衛が座っているかもしれなかった。

又兵衛は逸《はや》る気持ちをぐっと抑《おさ》え、迷うふりをしてみせる。

そこへ、数馬が業《ごう》を煮やしたように叱《しか》りつけてきた。

「負けっ放しでよろしいのか。ここはひとつ、中間のはなしに乗ってみてはいかが」

阿吽《あうん》の呼吸で促され、詮方あるまいといった体《てい》を取り、又兵衛はやおら腰を持ちあげる。

揉《も》み手《で》で案内する中間の背につづき、ふたりは衝立のほうへ近づいたのである。

六

衝立の向こうの男は、こちらに背を向けて座っていた。

月代を伸ばした浪人のようだが、風貌はわからない。

「胴元、客人が刀を抜いてご覧にいれてえと仰ってますが」

「ん、そうか」

中間にはなしかけられても、男は振りむこうとしない。

焦《じ》れたのは、数馬のほうだった。

「おい、こっちをみたらどうだ」

身を乗りだそうとしたので、又兵衛は肩を押さえた。

「くく、威勢のいい若造だな」

男はふくみ笑いをしてみせ、顔に面を着ける。

振りむいた顔は、お多福《たふく》であった。

「知らぬ相手に顔を晒したくないのでな。おぬしの刀はあれか」

お多福は壁に立てかけられた刀に顎《あご》をしゃくる。

立鼓《りゅうご》の形をした柄《つか》と無骨な黒鞘《くろざや》は、あきらかに、又兵衛の差料《さしりょう》にちがいない。

「ようわかったな」

「盆茣蓙に座る連中を見渡せば、誰の持ち物かは想像がつく。刃長《じんちょう》は二尺八寸といったところか。抜かずとも、業物であることはわかる」

「ならば、抜かずに金を借りるとするか」

「駄目だな。それに、おぬしには抜かせぬ」

「そっちで抜くと申すのか」

「知らぬ相手に斬りつけられてはたまらぬからな。侍の魂を抜かれるのが嫌なら、さっさと消えてくれ」

わずかに、躊躇った。

数馬も、さすがに黙りこむ。

「わかった。ただし、条件がひとつある」

「何だ」

「おぬしの差料も抜いてみせてくれぬか」

又兵衛の目は、刀掛けに貼りついていた。

男のものとおぼしき大小ともう一振りが、刀掛けに掛けてある。

「どうして、わしのがみたい」

「おぬしは刀の真贋《しんがん》を判別できるらしい。それほどの男なら、わし以上の業物を携えているかもしれぬとおもうてな」

「よかろう」

胴元と呼ばれた男は立ちあがり、壁際から又兵衛の刀を携えてくる。

歩きながら鯉口《こいぐち》を切り、こちらに素早く身を寄せるや、前触れも無く抜いてみせた。

——しゅっ。

胴斬り一閃《いっせん》、見事な抜き技だ。

切っ先はぶれもせず、又兵衛の鼻先に向いている。

男は刀を立て、棟区《むねまち》から切っ先まで眺めまわした。

「ふうん、刃文《はもん》は互《ぐ》の目乱《めみだれ》か」

「刃こぼれひとつあるまい」

「そのようだな。茎《なかご》をみてもよいか」

「ああ」

男は許しを得るや、器用に目釘《めくぎ》を抜き、とんと柄を外す。

そして、茎に鏨《き》られた銘を注視した。

お多福の面が邪魔なのだろう。

面が刀身にくっつくほど近づけ、じっと眺める。

そして何も言わず、柄を嵌《は》めて黒鞘に戻した。

「和泉守兼定、正真正銘の業物だな」

「いかにも。質草にいたせば、三十両はくだるまい」

「よし、五両なら貸そう」

「何っ」

「ここは質屋ではない。鉄火場だ。博打に命をかける阿呆《あほう》もいる。五両が嫌なら消えてくれ」

男は横柄《おうへい》に言い、刀掛けから自分の刀を拾いあげる。

そして、さきほどと同じく、無造作に抜きはなった。

――しゅっ。

棟区に三日月の疵《きず》がある。

眉《まゆ》をひそめる数馬など気にもせず、男は自慢げに胸を張る。

「刃長二尺二寸、堀川国広よ。ふふ、研ぎから戻ったばかりでな、今なら六《む》つ胴《どう》も容易に斬れるだろうさ」

「それも質草に取ったのか」

「とんでもない。国広とは長い付きあいでな、こいつはわしの魂だ」

「魂か、なるほど」

又兵衛はあくまでも、冷静さをくずさない。

「三本目の長柄刀《ながつかとう》も、みせてくれぬか」

男は刀掛けに目をやった。

「どうして」

「国広を超える名刀かもしれぬとおもうてな」

「それはできぬ相談だ。おぬしが一本で、わしが二本では勘定《かんじょう》が合わぬ」

「ならば、あきらめよう」

「五両借りぬと申すのか」

「ああ、借りぬ」

又兵衛は、駆け引きにはいっていた。

お多福にも、それはわかっているはずだ。

「わしが長柄刀を抜いたら、どうする」

「借りてもいい」

どっちにしろ、博打で勝てるはずはない。五両借りるのは、質草として兼定を奪われるのに等しかった。

刀の価値を知る者なら、兼定を喉から手が出るほど欲しいはずだ。

長柄刀を一度抜くだけで、お宝が手にできるのである。

それでも、男は首を縦に振らなかった。

「ふん、面倒なやつめ。さっさと消えろ、二度と来るな」

中間に又兵衛の大小を預け、男は出口のほうに顎をしゃくる。

「気が変わったら、また来させてもらうさ」

又兵衛は軽く受けながし、不満げな数馬を連れて大広間から去った。

玄関で大小を返され、下足番から履き物を出してもらう。

帰りは見送りもなく、裏木戸を通って外へ出た。

「面を着けてはいたが、あの男でまちがいなかろう」

又兵衛がさっそく問うと、数馬は溜息を吐いた。

「からだつきは似ておりますが、今ひとつ確信が持てませぬ」

「さようか。ま、詮方あるまい」

「平手さま、ひとつ伺いたいことが」

「何だ」

「三本目を抜かせようとしたのは、どうしてですか」

「あれだけの長柄刀はめずらしい。ひょっとしたら刀ではなく、槍かもしれぬと
おもうてな」

数馬は、ごくっと唾を呑みこむ。

「まさか、あれは菊池槍だと」

「さよう。菊池槍なら、お多福は仇の小園十兵衛にまちがいなかろう」

「惜しゅうござりましたな」

「まあよい」

収穫は大いにあった。

「物陰に隠れて、お多福の動きを見張るとしよう」

「承知いたしました」

「勘づかれたら終わりだぞ。おぬしにできるか」

「ご心配なく。明日の御用に差しつかえましょうから、平手さまはどうぞ、御屋敷へお戻りください」

「まあ、そう急《せ》かすな。あと半刻ばかりは付きあわせてくれ」

「申し訳のないことにござります」

深々と頭をさげる数馬の肩を叩き、又兵衛は物陰に身を潜める。

たしかに確証はないが、数馬の捜す仇の尻尾《しっぽ》は摑んだとおもいたい。

しかも、お多福男が世間を騒がす夜盗の首魁である公算も大きいのだ。

物事にあまり動揺しない又兵衛でも、心ノ臓の高鳴りを抑えきれなくなってくる。

やはり、ひとりだけ帰るわけにもいかず、気づいてみれば東涯《とうがい》が明《あ》け初《そ》める頃まで付きあっていた。ところが、客はすべて外へ出てきたものの、お多福面の男があらわれることはなかった。

七

三日後の深更、芝《しば》の宇田川町《うだがわちょう》にある『備後屋《びんごや》』という畳問屋が夜盗一味に襲われた。

翌朝、ざんぐり党の仕業《しわざ》だと聞いたので、又兵衛は居ても立ってもいられなくなり、部屋頭《へやがしら》の中村角馬に断って芝へ向かった。

たどりついてみると、畳問屋は血腥《ちなまぐさ》い惨状と化している。

床や壁の血痕《けっこん》は生々しく、筵に寝かされた屍骸《むくろ》は七つにおよび、女や幼子《おさなご》も交じっていた。

「ひでえことをしやがる」

憎々しげに吐きすてたのは、桑山大悟《くわやまだいご》という定廻りだ。

機転の利かぬ男だが、廻り方のなかではただひとり、又兵衛のことを慕《した》っていた。

「でえご」

「あっ、平手さま、どうしてこちらへ」

「ざんぐり党の首魁を捜しておるのさ」

「はあ」

「何か、手掛かりはみつかったか」

「手掛かりになるかどうかわかりませぬが、殺められた主人夫婦の寝所にお多福の面が転がっていたそうです」

「何だと」

襟を摑むほどの勢いで顔を寄せると、桑山は恐れをなして後退《あとずさ》る。

そこへ、吟味方筆頭与力の鬼左近こと永倉左近が、大勢の配下を連れてやってきた。

「はぐれ、何でおぬしがここにおる」

やにわに、雷《かみなり》を落とされた。

又兵衛は頭《こうべ》を垂れ、これまでの経緯を告げるか否《いな》か迷った。

告げるのであれば、勝手に首魁捜しをしていることも隠してはおけぬし、市来数馬の仇捜しについても説かねばならぬ。ざんぐり党の首魁が小園十兵衛ならば、仇討ちはみとめてもらえぬ公算が大きく、数馬の気持ちを考えたら、今はまだ黙っていたほうがよいかもしれなかった。

「おい、聞いておるのだぞ。何故《なにゆえ》、例繰方がここにおる。おぬしはまた、余計なことに首を突っこむ気ではなかろうな」

どうやら、虫の居所が悪いらしい。

「ふん、疫病神《やくびょうがみ》め」

鬼左近は捨て台詞を残し、奥のほうへ去っていく。

やはり、何も言えなかった。

又兵衛は町奉行所の役人ではなく、仇討ちの助っ人として動いている。そのことが、自分でもあらためてわかったような気がした。となれば、鬼左近や火盗改の先回りをしなければならない。首魁のざんぐり十兵衛を誰よりも早くみつけ、数馬に仇討ちをさせてやるのだ。

できるのか、そんなことが。

仇をみつけたとしても、米沢藩に掛けあって正式に仇討ちの許しを得なければならない。その過程で、仇がざんぐり党の首魁だと判明すれば、仇討ちがみとめられることはまずなかろう。

小園十兵衛は白洲《しらす》で裁《さば》き、市中引きまわしのうえで磔《はりつけ》獄門《ごくもん》に処さねばならぬ。

町奉行の筒井伊賀守がそう断ずれば、米沢藩も納得せざるを得まい。

数馬の八年は、握った砂が掌《てのひら》から零《こぼ》れ落ちるように消えてなくなるのだ。

筵に寝かされた屍骸をみつめながら、又兵衛は胃が痛くなるほど考えた。

知らなかったことにして勝手に仇討ちを画策するのは、役人として、いや、侍としてぜったいにやってはならぬ。やはり、誰もが納得できる方法を捻《ひね》りださねばならなかった。

そもそも、手強い小園十兵衛を捕縛できるかどうかもわからない。思案《しあん》投《な》げ首《くび》で考えればそれだけ、迷路に嵌まっていくようだった。

敷居の外に目を向けると、野次馬《やじうま》が店のまえに人垣を築いている。

又兵衛は人垣を避け、勝手口から露地裏へ逃れた。

「平手さま」

声を掛けてきたのは、数馬である。

蒼白《そうはく》な顔で近づき、頭を垂れた。

「立ち小便で何度か物陰を離れました。たぶん、その隙《すき》に仇を見逃したにちがいありません」

「仕方あるまい。おのれを責めるな」

「やはり、ざんぐり党の首魁は小園十兵衛なのでしょうか」

「主人夫婦の寝所に、お多福の面が落ちていたそうだ」

「くそっ、それがしが見逃したばっかりに、かような惨《むご》いことに……」

数馬は悪態を吐《つ》いた。筵に寝かされた幼子の屍骸をみたのだろう。

「……こうなれば、仇討ちは二の次にござります。小園十兵衛を許すわけにはまいりませぬ」

「そうだな。されど、焦りは禁物だ」

小園十兵衛とおぼしき首魁が、上杉家の下屋敷に戻るという保証もない。ひょっとしたら、鉄火場は引き払われているかもしれなかった。

「しかし、よくよく考えてみれば、妙なはなしだな」

「何がでござりますか」

「八年前、小園十兵衛はおぬしの父を斬り、上杉家を出奔した。藩の目付筋にみつかれば、ただでは済まぬ。それがわかっていながら、堂々と中間部屋で鉄火場を開帳《かいちょう》などできるか」

よほど図太い男でも、それはできまい。

「だとすれば、考えられることはふたつ。ひとつは、お多福面の男が小園十兵衛ではないということだ」

「もうひとつは」

「捕まる恐れがないなら、中間部屋へも出入りできよう」

「つまり、上杉家のなかに通じている者がおると」

「ふむ、そうなるな。何か心当たりでもあるのか」

「じつは、おもいだしたことがひとつございます」

八年前、数馬の父は原方衆の束《たば》ねを任されていた。川普請や道普請の負担が大きすぎるため、普請奉行《ふしんぶぎょう》のもとへ日参し、懸命に負担の軽減を訴えつづけたが、蠅《はえ》のごとくうるさがられた。そのときの普請奉行が目付に出世し、父の死は辻斬りの仕業だと断じた。鷹山公の鶴の一声がなければ、父は不名誉な死に方をしたことにさせられたはずだと、数馬は言う。

目付に出世した普請奉行は、藪本左膳《やぶもとさぜん》というらしい。

「辻斬りという主張を執拗《しつよう》なまでに曲げようとせぬため、一時は心の底から藪本さまを恨みました。ふと、そのことをおもいだしたのでございます」

「調べてみる価値はあるかもしれぬ」

今も藪本が目付の地位にあるなら、中間部屋の差配もおこなっているはずだ。小園十兵衛と裏で通じているとすれば、八年前の凶事《きょうじ》も遡《さかのぼ》って調べてみる必要があるかもしれない。

数馬は小首をかしげる。

「えっ、どうしてですか」

「気にいたすな。古い出来事を掘りおこすのが、例繰方の習性ゆえな」

ふたりで会話を交《か》わしていると、でえごこと桑山大悟がひょっこり顔を出す。

「平手さま、捜しましたぞ」

「ん、どうした」

「生き残った下女がひとりおるそうです。そやつ、おうめと申すのですが、すがたを消しております。それがしの見立てでは引込役ではないかと」

ざんぐり党の一味かもしれぬと聞き、又兵衛は耳をひくつかせる。

「見立ての根拠は」

「勘にございます」

「ならば、にわかには信じられぬ。おぬしの勘は薬缶《やかん》か金柑《きんかん》並みであろうからな」

「仰る意味がわかりませぬが」

「わからんでいい。だいいち、今までの五件に引込役などおらなんだであろう」

「はじめてですな。されど、そのおうめ、何でも上杉家の紹介で三月《みつき》前に奉公しはじめたばかりとか」

「何だと」

又兵衛が驚いてみせると、桑山は勢いを得たようにつづける。

「備後屋は上杉家の御用達《ごようたし》ゆえ、妙なはなしではございませぬ」

「ちょっと待て。備後屋は上杉家の御用達なのか」

「ええ、そうですよ」

「聞き捨てならぬな」

「ついでに申しあげれば、おうめの逃げこみそうなさきは摑んでおります」

「まことか」

住みこみで奉公していたが、逃げるとすれば病がちな母親の暮らす棟割《むねわり》長屋しかないという。

「鬼左近さまに告げるまえに、平手さまにお教えせねばなるまいと、さようにおもいましてな」

「でえごよ」

「はい、何でしょう」

「でかした」

できそこないの同心が、町奉行所で一番役に立つ同心にみえてきた。

三人はさっそく、おうめという女の居場所へ向かうことにしたのである。

八

定廻りの桑山大悟を案内に立て、又兵衛と数馬は増上寺《ぞうじょうじ》北端の切通《きりどおし》へ向かった。

足許《あしもと》は泥濘《ぬかる》み、昼でも薄暗い切通下に、崩れそうな棟割長屋が建っている。

「あそこですな」

野次馬のひとりに聞いたというので、頭から信じるわけにはいかない。

慎重に木戸を抜け、どぶ板を踏みしめて奥へ進んだ。

「それがしがさきにまいります」

桑山は途中の井戸端《いどばた》で屈み、洗濯をしている嬶《かか》ぁに所在を尋ねた。

こちらを振りむいて笑い、両手で大きな輪をつくってみせる。

さらに奥へと進み、狙った部屋に近づくと、腰高障子《こしだかしょうじ》に手を伸ばした。

と、同時に、すっと内から戸が開き、女が飛びだしてくる。

「うわっ」

桑山が腰を抜かした。

部屋から別の女が躍《おど》りだしてくる。

乱れた白髪の婆さままで、箒《ほうき》を手にしていた。

「おうめ、早うお逃げ」

婆さまは箒を振りあげ、桑山に襲いかかっていった。

女は折りかさなるふたりを尻目に、裾をからげて駆けだす。

「逃すな」

又兵衛が叫んだ。

焦った数馬はどぶ板を踏み外し、片足を溝《どぶ》に落とす。

女は一目散《いちもくさん》に小脇を擦《す》りぬけ、木戸のほうへ向かった。

「待て」

又兵衛は足を止め、手にした十手を投げる。

鉄の十手が糸を引き、女の背中に当たった。

「ぐっ」

前のめりになって転んだ女は、なおも這《は》って逃げようとする。

追いついた又兵衛が手を伸ばし、後ろから襟首《えりくび》を摑んだ。

「ひっ」

女は仰《の》け反《ぞ》り、手足をばたつかせる。

「観念しろ」

叱りつけると、ようやくおとなしくなった。

桑山と数馬が追いついてくる。

数馬の片足は汚れており、異様に臭《くさ》い。

「うっ」

吐きそうになったのは、女のほうだ。

三人で囲むと、その場にしゃがんでしまう。

「おうめだな」

又兵衛の問いに、震えながらうなずいた。

「おぬし、ざんぐり党の一味なのか」

「えっ」

顔をあげたおうめは、心の底から驚いたような顔をする。

おやと、又兵衛はおもった。

「おぬし、引込役なのであろう」

「……と、とんでもございません」

「ならば、どうして逃げる」

「……や、夜盗の手下が追いかけてきたのかと」

「わしらが夜盗にみえるのか」

「いいえ。よくみたら、お役人さまのようです」

「ああ、そうだ。知っていることは、包み隠さず喋るのだぞ」

「……は、はい」

「夜盗が襲ってきたとき、おぬしはどうしておった」

「用を足したくなり、寝所から抜けだしたところでした」

表戸が乱暴に破られたので、咄嗟《とっさ》の機転を利かせ、廊下の隅に置かれた茶箱のなかに隠れた。

「ほんとうです。嘘《うそ》だとお思いなら、茶箱をお調べください」

茶箱のなかで小便を漏らしてしまったので、蓋《ふた》を開けて調べればすぐにわかるという。

おうめは恐いながらも、蓋をわずかに持ちあげ、外の様子を窺った。

「お多福の面を着けた侍が指図をしておりました」

「そやつの顔はみたか」

「とんでもない。旦那さまの悲鳴を聞き、蓋を閉めましたから。でも、お多福が喋っている声は聞きました」

「何か言うておったか」

「朝までに鉄火場は引き払えと、怒鳴っておりました」

「なるほど、ほかには」

「せいしょこ、せいしょこと、呪《まじな》いのようなことばを繰りかえしておりました。どこかで聞いたことのある声のようにも感じましたが、たぶん、おもいちがいでしょう」

「せいしょこ……ふうむ、ほかには」

「聞こえたのは、それだけです」

「さようか」

がっかりした。わかったのは、白金にある上杉屋敷の鉄火場が蛻《もぬけ》の殻《から》になったことだけだ。

気を取りなおし、又兵衛は問いをつづける。

「おうめ、おぬしは上杉家の紹介で備後屋に奉公することになったのか」

「法華屋《ほっけや》の旦那からは、さように伺っております」

「法華屋とは」

「備後屋さんと同じ畳問屋にございます」

そちらのほうに、何年か奉公していたという。

「妙だな。上杉家を介して、同じ畳問屋へ移ったのか」

「そうしろと、法華屋の旦那さまに言われたものですから」

法華屋は近々店をたたまねばならなくなった。そうなれば奉公人たちは路頭に迷ってしまう。気の利くおうめは主人から目を掛けられていたようで、新たな奉公先を世話してもらうことになった。それが備後屋だったという。

又兵衛の目がきらりと光る。

「奉公先を変わるにあたり、法華屋から何か言われなかったか」

「同じ畳屋なので、法華屋に奉公していたことは内緒にしておけと強く言われました。それから、たまに使いをしてもらうかもしれぬと」

「使い」

「はい。出入りの庭師や鋳掛屋《いかけや》さんから文を貰《もら》い、それを法華屋の旦那さまにお届けするのです」

「使いは何度ほどやった」

「月に一、二度かと」

「文の中味をみたことは」

「ございません」

又兵衛は数馬と目を合わせた。

おそらく、考えていることは同じだろう。

庭師や鋳掛屋はざんぐり党の一味で、備後屋の内情をさりげなく探っていたにちがいない。絵図面や人の配置などを文にしたため、おうめに使い走りをやらせていたのだ。あとでおもいだして記すよりも、その場でみたまま感じたままを記すほうが確かだし、まんがいちにも捕まったときのことを考慮して、自分たちで文を持ちださなかったのだろう。いずれにしろ、よほど警戒心の強い連中だと言わねばなるまい。

おそらく、おうめは自分でも知らぬ間に、夜盗の片棒を担《かつ》がされていたのだ。

怪《あや》しいのは、法華屋なる畳問屋にほかならない。

「驚かして、すまなんだな。最後に、法華屋の所在を教えてくれぬか」

「はい」

素直に応じてくれたおうめを立たせ、その手に一分金《いちぶきん》を握らせてやった。

「……い、いただけません」

言ったそばから、おうめは握った手を押しいただく。

奉公先のあてもないのに、病がちの母親を養っていかねばならぬのだ。

おうめにとっては、拒《こば》むことができぬ金にちがいない。

何やら申し訳ない気になり、又兵衛は一分金をもう一枚握らせてやる。

おうめは下を向き、逃げるように戻っていった。

部屋のまえでは、腰の曲がった婆さまが心配そうにみつめている。

「法華屋へまいりましょう」

数馬に急かされ、又兵衛は朽《く》ちかけた木戸を潜りぬけた。

九

ほかの役目があるという桑山と別れ、又兵衛は数馬とともに白金村へ向かった。

法華屋は白金村の辺鄙《へんぴ》な場所にあった。

何のことはない、上杉家の下屋敷がある三光坂の坂下である。

闇雲に踏みこんでも手掛かりは得られぬと考え、しばらくは道を挟んだ手前の物陰から表口の様子を窺う。

すると、日没間近の逢魔刻《おうまがとき》になり、四之橋のほうから権門駕籠《けんもんかご》が一挺《ちょう》やってきた。

店のまえで止まり、身分の高そうな侍が駕籠から降りてくる。

「あっ」

数馬が息を呑んだ。

横顔にみおぼえがあるらしい。

「あのお方は、籔本左膳さまにございます」

八年前、上杉家の普請奉行から目付に出世した人物のことだ。

「まちがいありません。何故、籔本さまがこんなところに」

「法華屋と通じておるようだな。しかも、藩御用達の畳問屋が襲われた直後にお忍びで訪れるとは、裏に何かあるとみて、まずまちがいあるまい」

「どういたしましょう。踏みこんでふたりを捕らえ、白状させますか」

「焦るでない」

「ならば、どうせよと」

「いったん引き、籔本左膳と法華屋の関わりを調べる。裏で企《くわだ》てられている悪事の尻尾を摑むのが先決だろう」

「悠長《ゆうちょう》なはなしですね」

「まあ、そう申すな。相手に気取《けど》られぬように調べる手はないか。たとえば、上杉家に信のおける知りあいはおらぬか」

「おるにはおります」

村越《むらこし》弥左衛門《やざえもん》という母方の従兄弟《いとこ》らしい。

「母の様子が気になり、二年前に一度だけ連絡《つなぎ》を取りました」

銭勘定《ぜにかんじょう》に秀《ひい》でた才をみとめられ、原方衆から江戸詰めの勘定方に抜擢《ばってき》された親族の出世頭《しゅっせがしら》だという。

「年も同じで、幼い時分から遊んでおりました。弥左衛門なら、藩の内情にも詳しいかと」

「今も江戸屋敷におるのか」

「しかとはわかりませぬ」

「何とか会えぬものかな」

「上屋敷におれば、門番に取り次いでもらえましょう。ただ」

「ただ、何だ」

「ちと、恥ずかしゅうござります」

「浪人暮らしゆえか」

「はい」

「詮方あるまい。同い年の従兄弟なら、おぬしの苦労もわかっておろうさ。体裁《ていさい》を繕《つくろ》っておるときではないぞ。さっそく、今から上屋敷へ向かおう」

「今からでござりますか」

「善は急げ。まいるぞ」

「はい」

後ろ髪を引かれるおもいだが、やはり、法華屋へ踏みこむのは得策でない。むしろ、泳がせておいたほうがよかろうと、みずからに言い聞かせ、又兵衛は四之橋のほうへ歩きはじめた。

橋を渡ってからは小走りになり、新堀川沿いを北へ向かう。麻布、飯倉、西久保《にしくぼ》と、増上寺寺領の西側を抜け、虎ノ御門脇《とらのごもんわき》の新シ橋《あたらしばし》をめざした。

新シ橋を渡れば外桜田《そとさくらだ》の大名屋敷地、日比谷濠《ひびやぼり》をめざして大路をひたすら進めば、濠の左手前に上杉家の上屋敷がみえてくる。

あたりはすっかり暗くなり、大路を行《ゆ》き交《か》う人影もない。

又兵衛は数馬に寄り添い、上杉家の門前へ近づいた。

長屋門は頑《かたく》なに閉まっており、門番のすがたもない。

数馬が脇の潜《くぐ》り戸《ど》を敲くと、内から門番が顔を出した。

「何かご用でしょうか」

「当家元家臣、市来数馬と申します。従兄弟の勘定方で、村越弥左衛門と申す者にお取り次ぎ願えませぬか」

「かしこまりました。少しお待ちを」

門番は不審な顔もせず、その場からいなくなる。

緊張の面持ちで待っていると、小太りの月代侍があたふたとやってきた。

数馬の頰に赤みが射《さ》す。どうやら、従兄弟らしい。

「おう、数馬、生きておったか」

「ふむ、弥左衛門、よくぞ江戸におってくれた」

ふたりは肩を叩きあい、旧交を温める。

数馬は我に返り、又兵衛を紹介した。

「こちらは平手又兵衛さま、命の恩人だ」

「それはそれは。数馬がお世話になっております。よろしければ、なかにどうぞ」

「よいのですか。それがしは町奉行所の者ですが」

「お役目でなければ、支障はござるまい。さ、どうぞ」

門番に一礼し、屋敷内に入れてもらう。頼り甲斐のありそうな従兄弟なので安《あん》堵《ど》しつつ、御門に沿って建てられた平藩士の長屋へ導かれていった。

「独り身ゆえ、手狭なところですが、さ、どうぞ」

案内されたのは二階で、一階では別の平藩士が寝起きしている。なるほど、お世辞にもきれいな部屋ではないが、密談をするにはもってこいの狭さだ。

弥左衛門は酒を呑まぬのか、出涸《でが》らしの茶を淹《い》れてきた。

「数馬よ、二年ぶりか」

「そうだな。ちょうど二年前の今頃、この部屋に長逗留《ながとうりゅう》させてもらった」

「せいぜい、五日ほどであろう。あれからどうしておった。江戸を出たのか」

「上方から九州へ向かった。はなせば長くなる」

「長くとも聞いてやるぞ。明け方まで寝ずにな」

「母上は息災《そくさい》にしておろうか」

「案ずるな、伯母上《おばうえ》は息災であられよう」

弥左衛門の父は数馬の母の実弟でもあり、国許で病がちな母の面倒をみてくれているらしい。

「ありがたい」

涙ぐむ数馬のほうへ、弥左衛門は膝を寄せる。

「水臭《みずくさ》いことを申すな。わしは幼い頃、ずいぶん可愛がってもらった。伯母上のことはいつも気に掛けておるゆえ、案ずるな。それより、おぬしだ。仇はみつかったのか」

「じつは、そのことでまいった」

「えっ」

自分で尋ねたくせに、弥左衛門はぎくりとする。まんがいちにも仇がみつかるとは、おもってもみなかったにちがいない。

「みつかったのか」

「ああ、たぶんな」

「うおっ、そうか、やったな。さっそく、原方衆のみなにも伝えねばならぬ」

江戸屋敷に起居《ききよ》する黒鍬衆《くろくわしゆう》はみな、どうやら、原方衆の者たちらしい。

「おぬしのことはな、事あるごとにみなで噂しておったのだ。仇がみつかったあかつきには、祝いの赤飯《せきはん》を炊《た》こうと申す者までおってな」

「わしのことなど、疾《と》うに忘れたとおもうていたが」

「なわけがあるまい。小園十兵衛は原方衆にとって、もっとも憎むべき仇だ。おぬしが本懐を遂げれば、みな、涙を流して喜ぶに相違ない。で、仇は何処《いずこ》におる」

「待て。そのまえに、込みいった事情を調べねばならぬ。それゆえ、平手さまをお連れしたのだ」

「込みいった事情にござりますか」

弥左衛門はこちらに顔を向け、眉間《みけん》に皺《しわ》を寄せた。

十

又兵衛は軽くうなずき、静かな口調で喋りはじめる。

「昨晩、芝宇田川町の備後屋と申す畳問屋が夜盗に襲われました。襲ったのは、ざんぐり党にござる」

「存じませんでした。ざんぐり党とは、陰惨な手口の凶賊でござるな。それにしても、備後屋が襲われるとは」

「貴家の御用達と聞きましたが」

「さよう。国許の城や江戸屋敷の畳は半年前まで、ことごとく備後屋に納めさせておりました」

さすがに勘定方だけあって、出入り商人の事情には詳しい。

　又兵衛は首をかしげた。

「半年前までと仰いましたな」

「ええ、新興の畳問屋が御用達に決まり、江戸屋敷の畳を受けもつことになりました。それが半年前のはなしにござる。こたびの凶事で備後屋がなくなってしまえば、国許の城や重臣たちの屋敷も畳はすべて法華屋が納めることになりましょう」

　又兵衛の眉尻《まゆじり》が、つんと持ちあがった。

「新興の畳問屋とは、法華屋なのですね」

「いかにも。主人は久蔵《きゅうぞう》と申しますが、ちと胡散臭《うさんくさ》い男で、顔をみたことのある者も少のうござる。それがしは一度だけ遠目から目にいたしました。片方の頬が青黒く変色していたので、別の者に聞いたところ、何でも古い火傷《やけど》の痕《あと》なのだとか」

「いつ頃から、貴家と関わりを持つようになったのでしょうか」

「あらためて問われてみると、よくわかりません。半年前、唐突《とうとつ》に法華屋久蔵という名を知った次第で。たしか、御中老《ごちゅうろう》の口利きであったようにおもいますが、そちらもしかとはおぼえておりませぬ」

「されば別の問いを。藪本左膳というお方をご存じか」

「ご存じも何も、当家の筆頭目付にござる」

「筆頭目付、さようでしたか」

又兵衛はわずかに迷ったものの、ついさきほど、藪本左膳が法華屋を秘《ひそ》かに訪ねたのをみたと告げた。

「備後屋が襲われた翌日にござる。村越どの、妙だとはおもわれぬか」

又兵衛に迫られ、弥左衛門は眉を怒らせる。

「何が仰りたいのですか」

「備後屋がなくなれば、法華屋は貴家の畳商《たたみあきな》いを独《ひと》り占《じ》めできましょう」

「そうさせるべく、藪本さまが仕向けたとでも。ふん、信じられぬ」

弥左衛門は憤慨《ふんがい》し、数馬を睨みつけた。

「おぬしもみたのか。法華屋で藪本さまを」

「みた。その足でここにまいったのだ。じつはな、ざんぐり党の首魁が小園十兵衛かもしれぬ」

「何だと」

「まあ待て、落ちついてはなしを聞け。藪本さまが法華屋に便宜《べんぎ》をはかるべく、ざんぐり党を使ったとするなら、藪本さまは小園十兵衛とも裏で通じているのやもしれぬ」

「莫迦らしい。仇討ちの許しを与えるのは、筆頭目付ぞ。藪本さまがうんと言わぬかぎり、正式な仇討ちはみとめられぬ。さような地位にあるお方が、夜盗の首魁かもしれぬ仇と通じておるはずがあるまい」

「無論、おもいちがいであればよいのだがな」

「数馬よ、何故、藪本さまをそこまで疑うのだ」

「八年前のことはおぼえておろう。藪本さまだけが、仕舞いまで父上の死は辻斬りの仕業と主張しておった」

「たしかにな。原方衆への嫌がらせだと、みなで噂しあったものだ」

「目付に出世する直前まで、藪本さまは普請奉行であられた。父は原方衆の束ねとして、藪本さまに普請の削減を願いでておった。もしかしたら、そのせいで、父上は命を縮めたのかもしれぬ」

「待て。まるで、藪本さまが誰かにやらせたような物言いではないか」

「そのとおりだ。槍指南の小園十兵衛に金を払い、辻斬りにみせかけて殺せと命じたのかもしれぬ」

「莫迦を抜かすな。邪推《じゃすい》にもほどがあろう」

弥左衛門は怒りながらも、次第に疑念を深めていくようだった。

「信じられぬ。普請削減の願いを煩《わずら》わしいと感じただけで、人を殺めることなどできようか」

「そこでござる」

と、又兵衛も同意する。

刺客を放ったにしては、理由が今ひとつ浅いように感じられてならない。

「ご不審のようなら、当時の裁許帳《さいきょちょう》でもご覧になりますか」

「ありがたい。さように貴重なものをお持ちなのですか」

心の底から驚いてみせると、数馬の従兄弟は胸を張る。

弥左衛門は几帳面《きちょうめん》な男らしく、数馬の父親殺しに関する古い裁許帳の写しを取っていた。

又兵衛はそれを丹念に読みこみ、気づいてみれば明け方になってしまった。

一度目は見逃していたが、二度目に目を通したとき、さりげなく記された端書《はしが》きに目が留まった。

それは凶事から遡《さかのぼ》ること十日前の記載である。

領内のとある道普請が約五千両の費用不足で延期になったと、走り書きで記されてあった。

「それが何か」

弥左衛門に充血した目で問われ、又兵衛は首をかしげる。

「数馬どののお父上は、普請の負担を減らすように訴えていた。されど、五千両もの費用が掛かる道普請の中止はわかっておったはず。ならば、普請奉行がうるさがるほど食いさがったとは考え難《がた》い。何か、別のことで掛けあっていたのではないかと、さようにおもいましてな」

「なるほど、別のことでござるか。その五千両は帳簿から忽然《こつぜん》と、まるで煙のように消えた費用にござります。それゆえ、何者かが横領したのではないかと、当時は秘かに噂する者もおりました。とどのつまり、わからず仕舞いでうやむやに」

「なるほど」

又兵衛は腕組みをしながら、嗄《しゃが》れた声を絞りだす。

「うやむやにしたかったのは、当時の普請奉行かもしれぬ」

弥左衛門と数馬が、同時に声をあげた。

「まさか、藪本さまが費用を横領したと」

「少なくとも、横領できる立場にはあった。数馬どのの父御《ちちご》は、横領の証《あか》しを摑んだのかもしれぬ。そのことを本人に確かめるべく、藪本左膳のもとを訪ねた。それゆえ、命を縮めたのだとすれば、どうであろう。煩わしいというだけで、人を殺めることは容易にできぬ。されど、横領の証しを直《じか》に突きつけられたとするならば、殺める理由には充分であろう。もちろん、すべて当て推量にすぎぬ。八年前のことゆえ、横領の証しはみつけられぬだろうしな」

「ふうむ、なるほど。藪本さまが普請費用を横領したとすれば、目付に出世した理由も得心《とくしん》がいく」

弥左衛門の口が滑《なめ》らかになった。

「普請奉行から目付への出世は異例にござる。御家老はじめ重臣の方々へ盛大に金品をばらまかねば難しいと、当時は誰もがおもっておりました。横領した五千両があれば、出世できた謎《なぞ》も解けましょう」

「藪本と小園十兵衛の腐れ縁は、八年前から途切れることなくつづいていた。そう考えれば、備後屋が襲われたこととも辻褄《つじつま》が合いまする」

「平手さまの仰るとおりだ。法華屋が畳の取引を独り占めできれば、藪本さまの懐《ふところ》も潤《うるお》うわけだからな。それにしても、法華屋久蔵とは何者なのであろう」

いずれにしろ、鍵を握る商人であることはまちがいない。

又兵衛はふと、下女のおうめが言っていた台詞をおもいだした。

お多福の面を着けた男は「せいしょこ、せいしょこ」と、呪《まじな》いのようなことばを繰りかえしていたという。

駄目元で「おぼえはないか」と尋ねれば、弥左衛門はあっさり応じる。

「それはたぶん、せいしょこさんのことでしょう」

「せいしょこさんとな」

「加藤清正公《かとうきよまさ》にござりますよ。白金屋敷のそばにある法華寺《ほっけでら》の覚林寺《かくりんじ》が、せいしょこさんと呼ばれております」

「それだ」

又兵衛は、がばっと立ちあがる。

数馬が眠そうな目を向けてきた。

「……ど、どうされたのですか」

「覚林寺へまいろう」

「えっ」

「盗んだお宝を隠すさきかもしれぬ」

「あっ、なるほど」

「従兄弟どのには、まことお世話になった。事が成就《じようじゆ》したあかつきには、まっさきに御礼をせねばなるまい」

「何の平手さま、貴殿にこそ頭《こうべ》を垂れねばなりませぬ……」

弥左衛門は両手を畳につき、滔々《とうとう》と存念を述べる。

「……それがしは数馬の従兄弟ゆえ、本来なら助っ人せねばなりませぬ。されど、それがしは刀をまともに振ることもできぬ役立たず。情けないはなしでござるが、数馬にすべてを託すしかないのでござる」

「任せておけ、弥左衛門」

悔し涙を浮かべる従兄弟を宥《なだ》め、数馬も敢然《かんぜん》と立ちあがる。

ふたりは上杉屋敷をあとにすると、ふたたび、白金村をめざして駆けだした。

十一

白金のせいしょこさんで知られる覚林寺を訪ねると、毘沙門堂《びしやもんどう》の前で威厳のある住持《じゆうじ》が応対してくれた。

「寺社奉行のご配下でもないお役人が、いったい何のご用にござろう」

「法華屋と申す畳問屋について伺いたい」

「檀家《だんか》の事情を喋るわけにはまいらぬ」

「なるほど、やはり、法華屋は檀家なのですね」

又兵衛の鋭い指摘に、住持は顔を顰《しか》める。

「言葉尻を取られるのは、あまりよい気がせぬな」

「申し訳ございませぬ。されど、これは凶賊の探索に関わる重要な一件にござります。何卒《なにとぞ》、お助けいただきたく、伏してお願い申しあげまする」

腰を深く折りまげると、住持は太い眉をそびやかす。

「ふん、最初から謙虚《けんきょ》な態度でそう申せばよいのだ。凶賊とはもしや、ざんぐり党のことであろうか」

「いかにも。よくぞ、おわかりになられましたな」

「檀家のひとりに聞いた。その御仁《ごじん》は襲われた備後屋の親族でな、悲運な死に方をした主人夫婦や幼子たち、さらには奉公人たちを懇《ねんご》ろに弔《とむら》ってほしいと頼まれておる。凶賊と聞いて、ざんぐり党が脳裏に浮かばぬはずはなかろう」

「法華屋久蔵は、備後屋と同じ畳問屋にござります。そして、どちらも米沢藩上杉家の御用達でもある。古株の備後屋が消えてしまえば、新興の法華屋が畳の取引を一手に引きうけることになりましょう」

「なるほど、そういうはなしか」

「合点《がてん》いただけましたか」

住持はうなずきつつも、顔を曇らせて黙りこむ。

「いかがなされた」

「御仏《みほとけ》に伺っておった。檀家のことを喋っても罰《ばち》が当たらぬかどうか」

喋りたいことが大いにあるのだろう。

後ろに控える数馬が期待のあまり、住持に身を寄せた。

「ざんぐり党の首魁は、それがしの父を斬った仇にござります。それがしは八年も仇を捜しつづけ、ようやく、尻尾を摑みかけておるのでござる。ご存じのことがあれば、お教え願えませぬか」

数馬の必死さに絆《ほだ》され、住持はほっと溜息を吐く。

「そういう事情なら、喋らねばなるまい。じつはな、わしも法華屋久蔵を怪しんでおったのじゃ」

法華屋は一見すると熱心な門徒にみえるが、覚林寺を菩提寺《ぼだいじ》に定めて帰依《きえ》するようになったのは半年ほどまえのはなしにすぎない。ところが、最初に預けられた寺金は五千両におよび、一割の五百両を気前よく寄進《きしん》してみせたという。

「檀家には裕福な商人も大勢おる。まんがいちのため、寺に大金を預けておく者も多いが、一度に五千両というのはさすがに稀じゃ。されど、寺のためにもなるし、これこれしかじかと寺社奉行に訴える筋合いでもない。黙っておったが、それから半年のあいだに五度も大金を預けにまいられてな、少しばかり戸惑っておる」

「五度にござりますか」

「日付はすべておぼえておる。最後は昨日じゃ。三千両を預けにまいられた。わしはざんぐり党のことを聞いておったゆえ、何とのう、恐ろしい気持ちを抱いた。同じ大名家の御用達をつとめる畳問屋でもあるゆえな、凶事との関わりを勘ぐらぬほうがおかしかろう。それゆえ、おぬしらのごとき者が訪ねてくるかもしれぬという予感もあった」

「さようにござりましたか」

「わしは人相見をする。そもそも、法華屋久蔵は得体の知れぬ人物でな」

「と、仰ると」

「いつも覆面を着けてくるのじゃ。若い頃に負った顔の火傷痕を隠すためだと申す。それゆえ、人相がわからぬ。得体が知れぬとは、そういうことじゃ」

顔を隠すという行為が、お多福の面を連想させた。

同時に、又兵衛は下女のおうめが言った台詞をおもいだす。

——どこかで聞いたことのある声のようにも感じましたが、たぶん、おもいちがいでしょう。

茶箱に隠れたおうめは、お多福の面を着けた首魁の声を聞いた。

もしかしたら、知っている声を聞いていたのかもしれない。

ほかでもない、前の雇い主だった法華屋久蔵の声だ。

つまり、法華屋久蔵こそが凶賊の首魁なのではあるまいか。

法華屋は初回もふくめて六度、大金を寺へ預けにやってきた。又兵衛は念のため、住持からすべての日付を聞きだし、みずから諳《そら》んじた凶事の日付と照らし合わせてみた。すると、六度とも凶事のあった翌日であることが判明した。

畳問屋に化けた凶賊の首魁は大金の所持を嫌い、奪ったらすぐに安心できる場所へ移そうとしたにちがいない。災《わざわ》いなどから金品を守るために預けるのが寺金である。寺金として貯《たくわ》えておけば、まんがいちのときも安心だし、寄進をけちらなければ外部に漏れる恐れもなく、お上に召しあげられることもまずない。

よいところに目をつけたものだと、感心せざるを得なかった。

されど、裏のからくりが露見《ろけん》した以上、悪党は嚢中《のうちゅう》に追いこんだも同然である。

住持はこちらの考えを見抜いていた。

「やはり、あやつは食わせ者であったか」

「まちがいありませぬ。凶賊の首魁であるとともに、これにある市来数馬の仇でもござります」

「さようなこともつゆ知らず、盗み金を預かっておったとなれば、我が寺に累《るい》がおよぶやもしれぬな」

「そうはさせませぬ。法華屋久蔵を捕縛できれば、すべては不問に処せられるよう、それがしが取りはからいましょう」

「まことか」

「はい。そのためにも、ひとつご助力願えませぬか」

策は単純だ。寄進をねだるか、預かり金を返したい旨《むね》の文をしたためて使いを送り、法華屋久蔵を寺に呼びよせる。そこを待ちぶせし、組みふせて、縄を打てばよい。

難しいのは、むしろ、そこからさきだった。

法華屋久蔵はざんぐり党の首魁として、白洲で裁かねばならぬ。されど、数馬が仇と狙う小園十兵衛である公算も大きい。滞りなく捕縛できたとしても、仇をどうやって討たせればよいのか、そちらの方策も練っておかねばならなかった。

いずれにしろ、沢尻と鬼左近には経緯を告げておかねばなるまい。

又兵衛は数馬を寺に残し、一度八丁堀の屋敷に戻って着替えを済ませると、兎《うさぎ》のような眸子《まなこ》のまま、数寄屋橋御門内の南町奉行所へ出仕《しゅっし》したのである。

どちらを優先させるわけでもなく、さきに会ったほうからはなすつもりでいた。

廊下でさきに会ったのは、細い目の沢尻である。

御用部屋で喋りたかったが、あっさり拒まれた。

廊下で立ち話するしかなく、その様子を鬼左近やほかの古参与力にも胡散臭そうな目でみられてしまった。

「寺社奉行の縄張り内ゆえ、町奉行所は口出しできぬ」

それが沢尻の言い分だった。もっとも、それ以前に又兵衛のはなしを信じようとしなかった。

たしかに、法華屋なる大名家御用達の畳問屋が凶賊の首魁だなどと言っても、にわかに信じられぬにちがいない。「確たる証しをみせよ」の一点張りで迫られ、仕舞いには黙りこむしかなくなった。

仕方なく、その足で鬼左近のもとを訪ねた。

「内与力に拒まれ、のこのこやってきたのか」

経緯を説くまえに、びしっと釘を刺された。それでも何とか粘り、はなしだけは聞いてもらったものの、けんもほろろに追いかえされた。

「おぬしの与太話《よたばなし》など信じられぬ。手伝いは出さぬゆえ、やりたければ勝手にやるがよい」

勝手に動いてよいものと理解し、その旨を再度確かめた。

「まんがいち、市来数馬が捕縛の手柄を立てたならば、仇討ちをおみとめいただけましょうか」

無理筋の願いとは知りつつも質《ただ》すと、鬼左近は面倒臭そうにこたえたのである。

「八年も仇を捜しておるのであろう。ならば、その者に仇を討たせねば、侍の一分《いちぶん》が立つまい。ただしな、わしの一存ではどうにもならぬ。すべて聞かなかったことにするゆえ、そのつもりでおれ」

おもったとおり、上の連中は責を取ろうとしない。

とどのつまり、御奉行の筒井伊賀守に決断してもらうしかないのである。

おまけに、上杉家の了解という高い壁も控えていた。何せ、仇討ちを正式にみとめる筆頭目付が、仇と裏で通じている黒幕かもしれぬのだ。

しかし、すべては凶賊の首魁を捕まえたあとのはなしであろう。

「取らぬ狸《たぬき》の皮算用《かわざんよう》というやつか」

又兵衛は吐きすて、砦《とりで》を守る軍師のごとく、ざんぐり党の首魁を捕らえる策を練りはじめた。

十二

覚林寺の住持は「火急の用件あり」とだけ文にしたため、すぐ近くの法華屋へ使いを出した。

法華屋久蔵ことざんぐり十兵衛は警戒し、一味を引きつれてくることも考えられる。

時は定めておらぬため、夜半に忍びこんでくるかもしれなかった。

助っ人は多ければ多いほどよいが、捕り方の手助けは得られない。

頼むことができるのは、幼馴染《おさななじ》みの長元坊と小者の甚太郎、役立たず同心の桑山大悟くらいだが、もうひとり頼りになる助っ人がみずから名乗りでてくれた。

稲美徹之進である。

別伝流《べつでんりゆう》居合《いあい》の達人で、岸和田藩中でも屈指《くつし》の腕前であった。

腕っぷしの強い長元坊を除けば、稲美ほど頼りになる助っ人はいない。

「六人か。まあ、よかろう」

又兵衛はうそぶき、車座《くるまざ》になって段取りを説きはじめた。

夕刻、西日の射しこむ覚林寺宿坊《しゆくぼう》の一隅である。

参拝者《さんぱいしや》は参道《さんどう》から去りゆく頃合いで、住持には「凶賊を捕縛するためなら助力は惜しまぬ」との心強い言質《げんち》を得ていた。いざとなれば、若い僧や寺男たちも手伝ってくれるにちがいない。

「又よ、文を出してから一刻（約二時間）経ったぞ」

と、長元坊が切りだした。

「もうすぐ日が暮れる。ざんぐり党のやつらはたぶん、夜が更《ふ》けてから忍んでくるぜ。こっちもそれ相応の覚悟を決めといたほうがいい」

「ああ、そうだな」

あらためて事の重大さを悟《さと》ったのか、甚太郎と桑山がぶるっと身を震わせる。

数馬は逸る気持ちを抑えきれず、息継《いきつ》ぎが荒くなっていた。稲美は冷静沈着で、さきほどからじっと眸子《まなこ》を瞑《つぶ》っている。

「で、どうやって賊を誘いこむ」

長元坊に問われ、又兵衛は月代を掻いた。

「本堂に空の千両箱を積み、それを撒《ま》き餌《え》に誘いこもうとおもった。されど、住持に拒まれた。本堂が穢《けが》れるのは避けてほしいそうだ」

「おいおい、悠長なことを言ってるときか」

「詮方あるまい。使ってよいと許しを得たのは墓場だ。本堂裏の墓場へ誘いこむ」

「どうやって」

「住持たちが題目《だいもく》を唱《とな》えてくれるそうだ。何だろうとおもって、賊どもが来てくれればしめたもの」

「ちょっと待て。そんな策でいいのか」

「策とは言えぬ策のほうが、存外によいかもしれぬ」

「めえったな。でえち、賊の数もわからねえんだろう」

「わからぬ。ひょっとしたら、十兵衛がひとりで来るかもしれぬ。言っておくが、こたびの獲物はあくまでも十兵衛ひとりだ。しかも、生け捕りにせねばならぬ」

「生け捕りにして、あとでそいつに仇討ちさせるのか。妙ちくりんなはなしだぜ」

長元坊は皮肉を漏らし、数馬を睨みつける。

「おめえさんが、いっち危ういな。仇とみたら、白刃《しらは》を振りあげそうだ」

数馬がむっとしたところで、すかさず、又兵衛が割ってはいる。

「墓場のどんつきに、槐《えんじゅ》の木が植わっている。でえごと甚太郎は木の上に登り、寺側で手配してくれた漁師網《りょうしあみ》を抱えて待機しろ」

「げっ、高《たけ》えところは苦手でやんす」

甚太郎は泣き言をこぼし、長元坊にぺしっと頭を叩かれる。

又兵衛はかまわずにつづけた。

「わしらのほうで獲物を槐の下に追いこむ。網を落とせば一件落着だ」

「そう上手《うま》くいきやすかね」

「甚太郎の申すとおり、一筋縄《ひとすじなわ》ではいくまい。われらの見立てどおり、首魁が上杉家元槍指南の小園十兵衛なら、嘗めて掛かれば命はなかろう。みな、それだけは肝《きも》に銘《めい》じておいてくれ」

「おう」

と、拳《こぶし》を突きあげたのは、お調子者の甚太郎だけだ。

日没も間近となり、本堂から外を眺めれば、寺領全体が紅蓮《ぐれん》の炎に包まれたようになっている。

「絶景かな、絶景かな」

長元坊が石川五右衛門《いしかわごえもん》に扮《ふん》し、縁側で大見得を切ってみせた。

あくまでも冷静な稲美とは、好対照をなしている。

六人は本堂を飛びだし、裏手の墓場へ向かった。

陽が落ちると、あたり一帯は薄闇に包まれ、身を切るような北風が吹いてくる。

「白いものが落ちてきそうですな」

後ろから、稲美が声を掛けてきた。

「今宵降れば、今度こそ根雪《ねゆき》になりましょう」

「まさに」

「冬至で一句できましたぞ」

「稲美どの、伺いましょう」

「埋められし死人も恋し火鉢かな」

何やら、おかしみがある。

「さればそれがしも。温石《おんじゃく》に頭ぶつけて墓場行き、いかがです」

「はは、戯《ざ》れ句《く》合わせになりそうですな。できれば、朝まで詠《よ》みつづけたいが、そうも言っていられません」

「今宵はひとつ、よしなに」

深くお辞儀をすると、稲美は懐中から取りだしたものを授けてくれた。

温かい石、温石である。

礼を言いかけたが、すでに、稲美は背を向けていた。

「かたじけない」

着流しの痩せた背に両手を合わせ、又兵衛は温石で掌《てのひら》を温める。

六人が各々《おのおの》の配置についた頃、立派な袈裟《けさ》を纏った住持を先頭に立てて、十人余りの法華僧たちがやってきた。槐《えんじゆ》の木が細道の奥にみえる墓所の一隅に集《つど》い、あらかじめ支度してあった二箇所の篝火《かがりび》に火を灯《とも》す。

炎が盛んに燃えだすと、住持たちはおもむろに題目を唱えはじめた。

「南無妙法蓮華経《なむみようほうれんげきよう》、南無妙法蓮華経……」

何人かが太鼓《たいこ》を叩き、太鼓の音色《ねいろ》に負けぬように、僧たちは大きな声を張りあげる。

浄土宗などの厳《おごそ》かな誦経《ずきよう》と異なり、じつに賑《にぎ》やかな光景に感じられた。

槐の木に目を向けても、人影はみとめられない。

よくみれば枝が動いているものの、あの程度ならば気づかれる恐れはなかろう。

獲物が来てさえくれれば、木の下へ追いつめる自信はある。

「来い」

温石を抱えながら、又兵衛は待ちつづけた。

それから半刻ほど経っても、賊らしき人影はあらわれない。

題目は必死につづけられ、過酷な修行の域にはいりつつあった。

温石も冷めてきたので、寒さがいっそう身に沁みてくる。

「来ぬのか」

ふうっと、白い息を吐いたときだった。

墓所の入口に、尋常ならざる殺気が近づいてきた。

十三

ぼっ、ぼっと、松明《たいまつ》が前後左右に点《とも》る。

松明の炎に、黒装束《くろしようぞく》の人影が浮かびあがった。

「ひい、ふう、み、よ……」

数は二十人近く、おもったよりも遥《はる》かに多い。

地上に隠れた四人が、単純にひとりで五人を相手にしなければならなかった。

長元坊の舌打ちが聞こえてきそうだ。

甚太郎は木の上で、震えているにちがいない。

松明は横に広がり、墓所全体を包むように囲いを狭《せば》めてきた。

気づかれぬように頭をさげ、じっと息を潜める。

すぐそばを跫音《あしおと》が通りすぎ、住持たちのほうへ迫った。

墓石の陰から、又兵衛は首を差しだす。

先頭を行く頭巾《ずきん》の男がみえた。

首魁の十兵衛であろう。

手下どもの身のこなしは忍びのごとく軽やかで、なかには墓石の上にぴょんと跳び乗る者まであった。

「おい、住持」

十兵衛が声を張りあげる。

ぴたりと、題目が止まった。

「偉そうに呼びつけおって。わしが預けた金をどうする気だ」

脅《おど》されても、住持は怯《ひる》まない。

「預かっておるのが盗み金ならば、お上に訴えるしかござるまい」

「本気か。おぬし、命が惜しくはないのか」

「命なんぞ惜しくもないわ。おぬしら、やはり、世間を騒がす凶賊のようじゃな。改心して、お縄を頂戴《ちょうだい》せよ。さもなくば、仏罰が下るぞ」

「どわっはは、おもしろいことを抜かす。糞坊主め、この際じゃ、寺金を全部盗んでくれるわ。者ども、殺《や》れ」

「おう」

手下たちが段平《だんびら》や短刀を抜いた。

このとき、又兵衛は駆けている。

墓所の細道を突っ切り、十兵衛の背中に迫った。

「ぬおっ」

横合いから、数馬が飛びだしてくる。

「うわっ、罠《わな》だ」

手下どもが騒ぎ、右往左往しはじめた。

そこへ、巨漢の長元坊が躍りこむ。

「雑魚《ざこ》ども、退《ど》きやがれ」

からだごと突進して三人を撥《は》ね飛ばし、拳ひとつで相手を昏倒《こんとう》させる。

又兵衛も刃引刀を抜き、ふたりほど叩きのめした。

狭い墓所が乱戦の様相を呈するなか、首魁の十兵衛は腰に差した三本目の刀を抜いてみせる。

おもったとおり、柄《え》を外せば七尺ほどの白刃が飛びだしてきた。

菊池槍にほかならない。

「みつけたぞ、小園十兵衛」

数馬が叫び、真横から斬りつけていった。

「ふん」

十兵衛は鼻を鳴らし、槍を頭上で軽々と旋回《せんかい》させる。

そして、柄の一撃で数馬の頬を砕《くだ》いた。

「ほげっ」

数馬は白目を剝《む》き、その場に頽《くずお》れてしまう。

「くそっ」

又兵衛の行く手には、手下どもが人垣を築いていた。

長元坊はとみれば、別のところで奮戦している。
十兵衛は頭巾をはぐり取り、火傷の痕がわかる顔を晒した。
凄味《すごみ》のある笑みを浮かべ、住持のほうへ身を寄せていく。
「死ね、坊主」
左右の手下ふたりが段平を掲《かか》げ、ひと足さきに斬りつけた。
そこへ、稲美がゆらりと立ちふさがる。
目にも留まらぬ迅《はや》さで抜刀《ばっとう》し、手下どもの脇胴を抜いた。
ふたりは同時に血を吐き、ばたりとその場に倒れてしまう。
稲美の鬼気迫る抜刀術に、さすがの十兵衛も足を止めざるを得ない。
「ちっ、居合か」
対峙《たいじ》するふたりのもとへ、又兵衛が背後から駆け寄った。
別の方角からは、長元坊もやってくる。
三方から囲まれた十兵衛は土を蹴り、ひとつだけ残った逃げ道を駆けぬけた。
向かったのは槐《えんじゅ》の木の下だ。
行ったぞ。
又兵衛は祈った。

「今だ」

――ずさっ。

落ちてきたのは網ではなく、桑山大悟だった。

「ぐえっ」

尻をしたたかに打ち、立ちあがることもできない。

「間抜けめ」

十兵衛は槍を構え、素早く身を寄せた。

と、そのとき。

――ばさっ。

木の上から網が落ちてくる。

「うわっ」

十兵衛は桑山ともども、網に搦《から》めとられた。

「やった、大漁だぞ」

木の上で、甚太郎がはしゃいでいる。

一方、桑山は搦めとられながらも、十手を闇雲に振りまわした。

――ばこっ。

十手の先端が、偶《たま》さか十兵衛の眉間を割った。
網のなかでは、長い得物《えもの》は役に立たない。
又兵衛たちが駆け寄ると、十兵衛は朦朧《もうろう》としていた。
桑山は偶然ながらも、とんでもない手柄をあげたのである。
又兵衛は何をおもったか、腰の刃引刀を抜いた。
八相《はっそう》に高く構え、えいっとばかりに斬りつける。
――ばこっ。
鈍《にぶ》い音がして、十兵衛は気を失った。
又兵衛の一撃は、右の鎖骨《さこつ》を折っている。
「これは市来数馬の手柄だ」
と、又兵衛が叫んだ。
肝心の数馬は、気を失ったままでいる。
文句を口にする者は、ひとりもいなかった。

十四

町奉行所の役人が寺領内で悪党を捕縛することはできない。

寺社奉行に知られたら、縄張りを荒らしたと文句を言われる。

「ゆえに、おぬしの手柄にはならぬ」

と、鬼左近には冷たく突きはなされた。

「それどころか、おぬしが覚林寺におったことも表沙汰《おもてざた》にはできぬ」

もちろん、わかってはいたが、面と向かって言われると、少しばかり堪《こた》えた。

ただ、又兵衛たちが世間を騒がすざんぐり党の首魁と手下どもを捕らえたことは、疑いようもない事実である。しかも、首魁は市来数馬が父の仇と捜す小園十兵衛にほかならず、裏で上杉家筆頭目付の藪本左膳と繋がっていた事情も判明した。

十兵衛が「死なばもろとも」と発し、藪本の指図で備後屋を襲った経緯をつまびらかに語ったのだ。数馬の父を殺めた八年前の出来事についても、藪本に金を貰ってやったことをみとめた。

すべては又兵衛の描いた筋書きのとおりだったので、鬼左近も吟味《ぎんみ》がやりやすかったにちがいない。小園十兵衛の口書《くちがき》は秘かに上杉家へまわされ、筆頭目付の藪本左膳は江戸家老の裁定で斬罪《ざんざい》となった。表向きの理由は「御役目不首尾《ふしゅび》」とされたが、切腹さえもみとめられぬ厳しい処分であった。

ありがたいことに、御奉行の筒井伊賀守は内与力の沢尻から報告を受けており、ざんぐり党が捕縛にいたった経緯の一部始終を知っていた。それゆえか、侍の一分を立たせるべく市来数馬に仇を討たせたいという又兵衛の願いを、条件付きで聞きいれてくれたのだ。

御奉行の命を帯《お》びた沢尻に呼びつけられ、又兵衛は謎掛《なぞか》けをひとつ解かねばならなかった。

「条件はひとつじゃ。ざんぐり十兵衛は重罪人として裁き、市中引きまわしのうえで磔獄門に処さねばならぬ。それができると申すなら、上杉家の事情も斟酌《しんしゃく》したうえで、仇討ちをお許しになるそうだ」

「できまする」

又兵衛は即答した。

「仇討ちが終わったのち、屍骸《むくろ》となった十兵衛を馬上に縛りつけ、市中を隈無《くまな》く引きまわせばよろしいかと。先例もござりますれば、幕閣のお歴々にもご納得いただけるかと存じまする」

「承知した。御奉行には、さように申しあげておく」

沢尻は恬淡《てんたん》と応じたが、あらかじめこたえはわかっていたようだった。

ともあれ、以上のような経緯をたどり、上杉家においても正式に仇討ちが承認されたのである。

日付は小園十兵衛が捕縛された十日後、師走朔日《しわすさくじつ》の早朝に定められた。

下屋敷に近い白金村の一角を竹矢来《たけやらい》で囲い、藩の行司目付《ぎょうじめつけ》立ちあいのもとでおこなわれる。

当日は、今しも雪が落ちてきそうな雲行きとなった。

地べたも灌木《かんぼく》も雪に覆《おお》われて白一色と化していたが、竹矢来の周囲には大勢の見物人が集まっている。

「仇をこれへ」

行司目付の命にしたがい、黒装束の小園十兵衛が菊池槍を左手に提《さ》げて脇からあらわれた。

反対側からは、白鉢巻《しろはちまき》に白襷《しろだすき》の市来数馬がやってくる。

数馬ひとりではない。助っ人がひとりあった。いかにも頼りなげな侍は、従兄弟の村越弥左衛門である。

刀を持ったこともないと嘆いていた男が、原方衆の仲間から背中を押されて、嫌々ながらも助っ人にくわわった。見物人の最前列に陣取《じんど》る又兵衛の目には、正直、足手まといにしかみえない。

御奉行の筒井伊賀守に伺いを立てる直前、又兵衛は数馬に仇討ちをするかどうかの決断を迫っていた。

「小園十兵衛は、勝っても負けても断罪される。まちがいなく、死に身でかかってくるぞ。たとえ利き腕が使えずとも、あれほどの手練《てだれ》に死に身でかかられたら、十中八九、勝ち目はない。死ぬのが嫌なら止める手もあるが、どうする」

助太刀《すけだち》したいのは山々だが、藩の決まりで縁者以外はみとめられない。

「原方衆の誇りにかけて、止めるわけにはまいりませぬ」

数馬は唇をしっかりと結び、強い意志をしめした。

覚悟を決めた以上、どうやって勝つかだけを考えねばならぬ。

大願成就《たいがんじょうじゅ》となったあかつきには、藩への復帰が許されるにちがいない。

「数馬よ、勝ってくれ」

それは竹矢来を囲むみなの願いでもあった。

藩士たちの見物も許されたので、見物人のなかには原方衆も大勢交じっている。

それどころか、参勤交代《さんきんこうたい》で江戸表におられる斉定公がお忍びでやってくるという噂もあった。

斉定公は仇討ちの経緯を耳にし、藪本左膳を御前に呼びつけて、手ずから首を刎《は》ねようとしたらしい。さすがは鷹山公が手塩に掛けて育てた養孫だけあって、私欲に走った奸臣《かんしん》への怒りは天をも衝《つ》かんほどのものであったという。

すでに、藪本の処刑は実行されていた。

又兵衛にとって唯一の懸念《けねん》は、繰りかえすようだが、数馬と弥左衛門が小園十兵衛に勝てるかどうかの一点だけだ。

「為せば成る」

鷹山公縁《ゆかり》の一節を口ずさむ。

ふたりには、必勝の策を伝授してあった。

勇気をもって撃尺《げきしやく》の間合いに踏みこめるかどうか、要はそこにかかっている。

「いざ」

行司目付の掛け声が響き、二対一で対峙する双方が間合いを詰めた。

数馬と弥左衛門は刀を抜き、十兵衛は菊池槍を片手青眼《せいがん》に構える。

竹矢来を囲む藩士たちが固唾《かたず》を呑むなか、正面の一箇所がざわついた。

「静まれ、静まらぬか」

どうやら、斉定公がやってきたらしい。

お忍びのつもりでも、すぐにばれてしまう。

斉定公の周囲だけは、家臣たちが傅《かしず》いてしまっていた。

竹矢来の内にある者にとっては、無論、どうでもよいことだ。

今から、命の取りあいがはじまるのである。

「小僧、よくぞわしを捜しあてたな」

十兵衛が声を張りあげた。

「八年の苦労に免じて、尋常に勝負してつかわす。どうせ地獄へ逝《い》く身、おぬしらを道連れにすれば、地獄の沙汰《さた》も少しは軽くなるやもしれぬ」

数馬はこたえない。緊張で声も出せぬのだろう。

一方、弥左衛門は腰があきらかに引けている。

勝ち目はないなと、誰もがおもったはずだ。

原方衆の者たちは、ふたりとも潔《いさぎよ》く斬られ、自分たちの誇りだけは守ってほしいと、悲壮《ひそう》な願いを胸に抱いたことであろう。

「為せば成る」

もう一度、又兵衛はつぶやいた。

数馬と弥左衛門も、同じ一節を念じたにちがいない。

「まいるぞ」

十兵衛が迫ってきた。

鎖骨を折られた痛みはないようにみえる。

ただし、右手はだらりとさげていた。

一方、横並びの数馬と弥左衛門は、前後になるように配置を変えている。

小柄な弥左衛門は数馬の陰に隠れ、十兵衛からはみえぬはずだ。

「いえい」

数馬は鋭い気合いを発し、刀を大上段に振りあげる。

じつはその刀、八年ぶりに戻ってきた堀川国広であった。

二尺二寸の刀身が鈍い光を放ち、対峙する相手を威圧する。

「小癪《こしゃく》な」

十兵衛が大股で迫ってきた。

逃げるなと、又兵衛は胸中に叫ぶ。

心して掛かれ。策は一度しか通用せぬ。

「うしゃ……っ」

気合いを発したのは、十兵衛のほうだ。

脅しつけ、戦意を殺《そ》ぐ気であろう。
数馬と弥左衛門は逃げない。
どうにか、踏んばっている。
双方の間合いが五間《けん》に迫った。
そのとき、突如《とつじょ》、前方の数馬が屈んだ。
「そりゃ……っ」
後ろの弥左衛門が何かを投げつける。
拳大の布袋《ぬのぶくろ》だ。
咄嗟に、十兵衛は槍先を突きだす。
眼前で布袋を突くや、ぱっと粉が散った。
「ぬわっ」
胡椒《こしょう》だ。
今度は弥左衛門が前方へ位置取り、亀のように屈んでみせた。
後ろになった数馬が、駆けながらその背を踏みつける。
「とあっ」
跳んだ。

ほぼ真上に跳びあがり、国広を大上段に振りかぶる。

一方、十兵衛は胡椒に目をやられ、数馬のすがたを見失っていた。

「覚悟せい」

声は遥か頭上から聞こえてくる。

見上げた十兵衛が、からだを海老《えび》反《ぞ》りにした。

「何っ」

数馬の剣は真っ向から振りおろすだけの山出し剣法だが、太刀《たち》筋《すじ》に乗ってしまえば滅法《めっぽう》強い。

――ばすっ。

伝家の宝刀が真上から逆落としにされた。

一撃必殺の唐竹割《からたけわ》りである。

「ぐえっ」

十兵衛の眉間が、まっぷたつに割れる。

その瞬間、えっと誰もが呆気《あっけ》に取られた。

小園十兵衛は仁王《におう》立《だ》ちのまま、脳天から血を噴いている。

信じ難い光景だった。

「……か、勝った」

又兵衛は拳を握りしめる。

胡椒玉を投じるだけの奇策が、これほど上手くいくとはおもわなかった。

もちろん、又兵衛の手柄ではない。

数馬たちが死を恐れず、勇気を振りしぼったからだ。

「ぬわああ」

人垣のなかから、一斉に歓声が湧きあがった。

肩を叩きあって喜ぶのは、上士たちから「糞つかみ」と蔑《さげす》まれてきた原方衆の者たちであろう。

虐《しいた》げられた日々の苦労が、一気に報《むく》われた瞬間だった。

喜ぶ者たちのなかには、長元坊や甚太郎や桑山大悟もいる。

忘れてならぬのは、稲美徹之進であろう。

「みな、よくやってくれた」

又兵衛はつぶやき、竹矢来の内に目を戻す。

数馬と弥左衛門は、茫然自失《ぼうぜんじしつ》の体《てい》で佇《たたず》んでいた。

おそらくはまだ夢のなかにおり、やり遂げたことの重大さをきちんと理解できずにいるのだ。
又兵衛は興奮の面持ちで、竹矢来の正面に目を移した。
上杉家の殿さまは扇《おうぎ》を広げ、高々と頭上に掲げている。
声は聞こえぬものの、あきらかに「あっぱれ、あっぱれ」と連呼していた。
「為せば成る為さねば成らぬ何事も……ほれ、言ったとおりであろう」
又兵衛は誇らしげに胸を張った。
曇天の晴れ間から、一条《いちじょう》の陽光が射しこんでくる。
本懐を遂げたふたりは我に返り、男泣きに泣きだした。

投《な》げ文《ぶみ》

一

師走《しわす》十三日は煤払《すすはら》い、一年のあいだで溜《た》まりに溜まった埃《ほこり》をきれいに掃除し、仕上げに手荒な胴上げで上役の何人かに悲鳴をあげさせたあと、又兵衛は襟《えり》を寄せて南町奉行所をあとにした。

ちらちらと、風花《かざはな》が舞っている。

やたらに寒いのは、空きっ腹のせいだろう。

腹に温かいものを入れたくなり、気づいてみれば楓川に架かる弾正橋の手前から左手の常盤町へ向かっている。

川沿いには、大きな雪兎《ゆきうさぎ》が築かれていた。

「もういいかい」

「まあだだよ……」

小童《こわっぱ》が雪兎の陰から叫んでいる。

ちょん隠れをしているのだろう。

又兵衛がやってきたのは鍼灸《しんきゅう》療治所《りょうじしょ》、長元坊のつくる葱鮪鍋《ねぎまなべ》がどうしても食べたくなった。

「邪魔するぞ」

呼びかけても返事はない。

「……もういいよ」

外から小童の声が聞こえてくる。

雪駄《せった》を脱いで床にあがると、三毛猫《みけねこ》の長助が廊下の片隅で鮪《まぐろ》の骨をしゃぶっていた。

「ほう、鮪の味がわかるようになったのか」

奥を覗《のぞ》くと、長元坊が死んだように眠っている。

大酒を喰《くら》っていたらしく、部屋じゅうが酒臭《さけくさ》い。

竈《かまど》のほうへ近づくと、お誂《あつら》えむきに葱鮪鍋の残りがあった。

「ふふ、これこれ」

鍋を温めなおし、さっそく熱々の汁を啜《すす》る。

「ん」

いつもより塩気が濃い。

「塩梅《あんばい》を過《あやま》ったか」

味付けにうるさい長元坊にしてはめずらしい。

さては、嫌なことでもあったか。

鍋の残りを平《たい》らげ、一合だけ酒を燗《かん》した。

呑《の》んでみると、これがすこぶる美味《うま》い。

安酒ではなく、上等な下《くだ》り酒《ざけ》なのだ。

「ぬごっ」

寝惚《ねぼ》けた長元坊をちらりとみる。

手許《てもと》に目を落とせば、皺《しわ》くちゃの一寸書きと丸い小石が転がっていた。

一寸書きを拾い、拙《つたな》い字の走り書きに目を通す。

――おりん殺しは野鼠《のねずみ》の小五郎《こごろう》。

と、謎掛《なぞか》けのような文言が記されてあった。

「物騒な中味だな」

ひょっとしたら、これが深酒の理由なのか。

小石を拾って掌《てのひら》のうえで転がす。

「投《な》げ文《ぶみ》か」

又兵衛はつぶやいた。

何者かが文を小石に包み、外から抛《ほう》ったにちがいない。

長元坊は文を読み、吃驚《びっくり》したのだろう。

おりんという女を知っているからだ。

そして、酒を浴びるほど呑んだ。

呑まずにはいられない出来事とは何か。

「おりん……」

長元坊とは長い付きあいだが、又兵衛の頭に「おりん」という女の記憶はない。

浮いたはなしや騙《だま》されたはなし、未練のある相手や袖擦《そです》りあっただけの相手まで、女にまつわるはなしは辟易《へきえき》とするほど聞かされてきたが、どれだけ考えても「おりん」という名におぼえはなかった。

もう一合だけと言い聞かせて銚釐《ちろり》の酒を燗し、ぐい呑《の》みでちびちび飲《や》りながら遠い記憶を探ってみる。

長元坊は幼《おさな》い時分に双親《ふたおや》を病《やまい》で亡くし、祖母に育てられた。同じ年頃の子らよりも頭ひとつ大きく、腕っぷしが強かったので、髷《まげ》もきちんと結《ゆ》えぬ頃から近所の「悪たれ」で通っていた。

　又兵衛が出会ったのはその頃だ。洟垂《はなた》れの悪がきどもにとって、親の仕事や身分の差はさほど重要ではなく、腕っぷしの強さと胆《きも》の太さだけが上下の関わりを決める唯一の尺度だった。ふたりは張りあって喧嘩《けんか》ばかりしていたが、気づいてみると無二の友になっていた。

　長じてからも「悪たれ」のまま落ちつかず喧嘩に明け暮れていた長元坊だが、十七のときに又兵衛の父又左衛門《またざえもん》に無言でひっぱたかれたのを機に改心し、人生修行をすると言ってみずからの手で頭を青々と剃《そ》りあげ、仏門にはいることにした。

　行き先は瑞華院《ずいかいん》という増上寺の塔頭《たっちゅう》で、又兵衛は足繁《あししげ》く通い、長元坊と三日にあげず会っていた。月日の経過とともに長元坊もすっかりおとなしくなり、僧《そう》形《ぎょう》も板に付いてきたようにおもわれた。

　だが、寺にはいって四年が経過した師走のとある寒い日、長元坊は寺からふいに居なくなった。当時の噂《うわさ》では、みずから脱《ぬ》けだしたのではなく、唐傘《からかさ》一本持たされて放逐《ほうちく》されたのだと聞いた。

理由は今もわからない。聞いてほしくないようなので、今日まで一度も聞いたことはなかったし、むかしのはなしなので気にも掛けていなかった。

寺を脱けだした長元坊は行方知れずとなり、どうにか再会できたのは半年ほど経《た》ったあとのことだった。聞けば、野垂れ死ぬ寸前で鍼医者《はりいしゃ》に助けられ、助けてもらった恩人のもとで療治の技を学んでいるという。亡き父と同じ生業《なりわい》であったし、さまざまな病や人のからだを知ることが性に合っているようなので、当面は鍼医者のもとで修業するつもりだと聞き、ほっと安堵《あんど》したのをおぼえている。

それから四年後、恩人の鍼医者は亡くなり、長元坊は遺言を守って療治所を引き継《つ》ぐことに決めた。今から十三年前のはなしだ。二十一で寺を放逐された長元坊は十八年の歳月を経《へ》て、この界隈《かいわい》で無くてはならぬ鍼医者となった。

一方、又兵衛は十五年ほどまえ、父のあとを継いで南町奉行所の与力となったが、長元坊とだけは幼い頃からの付きあいをつづけている。知らぬことは何ひとつないとおもいこんでいたが、よくよく考えてみれば、二十一の頃に寺を離れた前後のことだけは聞いていない。

その頃、おりんという女に関わったのだろうか。

長元坊は酔いに任せて「おれは破戒坊主《はかいぼうず》だ」と、自嘲《じちよう》したことがあった。

多くの破戒坊主は女犯《にょぼん》の罪を犯《おか》す。寺に発覚すれば丸裸にされ、唐傘一本だけ持たされたうえで山門《さんもん》から放りだされる。「破戒坊主の唐傘一本」などと揶揄《やゆ》され、嘲笑《ちょうしょう》の的《まと》とされるので、たいていは経緯をひた隠しにする。

開けっぴろげな性分の長元坊にも、又兵衛にすら隠したいことがあったのだろうか。

「水臭《みずくさ》いな」

十八年もむかしのことではないか。

「なあ、空最《くうさい》」

懐《なつ》かしい僧名をつぶやいてみる。

「空海の空に、最澄《さいちょう》の最。ふたつ合わせて、くうさいと読む。臭い臭いの空最だぞと、おぬしは自慢げに言うたな」

ふたりで大笑いした日が懐かしい。

それにしても、不穏《ふおん》な文言だ。

――おりん殺しは野鼠の小五郎。

おりんという女は何者かに殺《あや》められ、殺めた相手のことを長元坊は知らなかったにちがいない。

何者かがわざわざ、知らなくてもよいことを教えたのだ。

「いったい、何のために」

他人に語りたくないむかしの出来事を今になってほじくり返し、長元坊に何をさせようとしているのか。

「野鼠の小五郎ってのは何者なんだ」

低声《こごえ》で問いかけても、海坊主は眠りから覚めない。

外はすっかり暗くなり、雪はしんしんと降りつづいている。

「……まあだだよ」

耳に聞こえてきたのは、風音だろうか。

又兵衛は胸騒ぎを感じ、ぶるっと身を震わせた。

二

誰にだって消し去りたい過去のひとつやふたつはある。

長元坊に投げ文のことを聞きそびれ、三日ほど経った。

激しく動揺したのは御用部屋で昼食をとった直後、廊下で立ち話をしていた同心の会話を小耳に挟んだときだ。

「知っておるか、野鼠の小五郎が死んだぞ」

「ほう、密偵《いぬ》野郎が死んだか」

「霊岸島の新川河岸《しんかわがし》でみつかった。鉈《なた》か棍棒《こんぼう》で頭をかち割られていたらしい」

「誰が殺《や》った」

「そいつを今、調べているところさ」

おもわず声を掛けようとしたが、吟味方の同心たちは気配を察して背を向けた。

野鼠の小五郎は小悪党あがりの密偵ゆえ、その名が帳面に残されていないのだろう。例繰方の又兵衛が知らなくても仕方の無いはなしだ。

小五郎を殺った者のほうが気になった。

部屋頭《へやがしら》の中村角馬に早くあがりたいと頼みこみ、取るものも取りあえず奉行所を飛びだした。

雪道を滑りながら小走りに駆け、又兵衛は常盤町の療治所へ向かったのである。

川沿いに築かれた雪兎はひとつ増えており、小童たちは楽しげに遊びまわっている。

「おい、邪魔するぞ」

敷居をまたいで内を覗いても、人の気配はない。

三毛猫の長助が足にまとわりついてきた。

「なあご、なあご」

やたらに泣くのは、腹を空かしているせいだろう。

一日か二日、何も食べていないのかもしれない。長元坊が留守にしているとすれば、何かよほどのことがあったと考えるべきだ。

「何処《どこ》に行った」

不安が募《つの》った。

ひょっとしたら、野鼠の小五郎を殺ったのではなかろうか。

いやいやと首を横に振り、又兵衛はみずからの当《あ》て推量《ずいりよう》を否定する。

餌《えさ》になるものを見繕《みつくろ》って長助に与え、又兵衛は療治所に背を向けた。

夜まで待っても、長元坊は帰ってこないような気がしたからだ。

八丁堀の拝領《はいりよう》屋敷《やしき》ではなく、霊岸島までやってきた。

夕暮れの新川河岸には、酒樽《さかだる》を積んだ荷船が行《ゆ》き交《か》っている。

上方から新酒が下ってくる時節柄、荷船の数は多く、左右の河岸に軒《のき》を並べた酒問屋は賑《にぎ》わいをみせていた。

又兵衛は一《いち》ノ橋《はし》を渡り、新堀通《しんぼりどお》りの角にある自身番を訪ねた。

若い番太郎《ばんたろう》が、ぎろりと眸子《まなこ》を剝《む》いてみせる。

風体《ふうてい》をみただけで、町奉行所の与力とわかるはずだ。

「何かご用でしょうか」

「ふむ、野鼠の小五郎が屍骸《むくろ》でみつかったと聞いた。それは何時《いつ》のはなしだ」

「ほんの一刻（約二時間）ほどまえにござります」

屍骸は一ノ橋の橋桁《はしげた》でみつかったらしい。

「ちと案内してくれぬか」

「よろしいですよ」

番太郎は大儀そうに身を起こし、のんびりと敷居の外へ出る。

雪で滑らぬように土手を降り、ふたりは橋桁の陰に近づいた。

堀川は灰色に沈み、寒々しい光景が広がっている。

「あそこです。みつけたのは酒問屋の小僧で、川縁《かわべり》で立ち小便をしておりました」

最初は頭陀袋《ずだぶくろ》だとおもったらしい。屍骸だとわかった途端、小便が引っこんでしまったのだ。

なるほど、土手のうえからは死角になっており、みつかりにくいところだった。

もしかしたら、別のところで殺められ、橋桁の陰に捨てられたのかもしれない。

又兵衛は番太郎に尋ねた。

「おぬしは屍骸をみなかったのか」

「みましたよ。小便小僧に呼ばれて駆けつけたときは、烏《からす》どもが群《むら》がって屍肉《しにく》を漁《あさ》っておりました」

傷《いた》みの程度から推《お》して、殺められたのは今朝方らしかった。

「鉈《なた》か棍棒で頭をかち割られておったのだな」

「ええ、頭はぱっくり割れていて、烏どもは嘴《くちばし》で脳味噌《のうみそ》を引っぱりだしておりました」

「使われた得物《えもの》はみつかったのか」

「いいえ。でも、あれは鉈でかち割られた痕《あと》にちがいありません。廻り方の旦那も、鉈割りの一撃だって仰《おつしや》いましたから」

「傷は額《ひたい》のほうか、それとも後ろのほうか」

「てっぺんです」

「てっぺんを左右にぱっくりか」

「はい」

狙う相手の真正面に近づき、鉈割りの一撃で仕留めるのは難しい。

そもそも、親しい間柄でなければ間合いを詰めることはできぬだろうし、撃《げき》尺《しゃく》の間合いまで近づけたとしても、真上から相手を見下ろすほどの丈《たけ》の高さが要る。

「屍骸の背恰好《せかっこう》はわかるか」

「筵《むしろ》に寝かされていた屍骸から推せば、たぶん、あっしと同じくらいかと」

丈はそこそこあるが、長元坊なら頭ひとつ大きいだろう。

鉈か棍棒は入手できようし、やると決めたら容易《たやす》くやってのけるにちがいない。

又兵衛は不吉な想像を膨《ふく》らませ、首を激しく横に振った。

「いかんいかん」

長元坊を疑っている自分に嫌気が差してくる。

ともかく、番太郎に礼を言い、又兵衛は川縁から離れた。

八丁堀の屋敷には戻らず、数寄屋橋御門のほうへ取って返す。

町奉行所の書庫で古い帳面を捲《めく》り、野鼠の小五郎を調べてみようとおもったのだ。

厳《いか》めしい長屋門を敲《たた》くと、見知った小者が脇の潜《くぐ》り戸《ど》を開けてくれた。

「ちと、調べ忘れたことがあってな」

「それはそれは、ご苦労さまにございます」

すでに日は落ち、あたりは薄暗くなっている。

宿直《とのい》以外の役人は帰宅の途についており、戻ってくる役人はめずらしい。

又兵衛は玄関脇を抜け、土蔵のような書庫へ向かった。

真夜中以外は番士《ばんし》がおり、鍵がなくても用件を言えば入れてもらえる。

例繰方にとって書庫は第二の御用部屋も同然なので、又兵衛は頻繁《ひんぱん》に利用していた。

ひとりで資料漁りに没頭《ぼっとう》できるため、むしろ、御用部屋よりも居心地がよいほどだ。何台も並んだ書棚にどういう帳面が収められているのかも、年代別にことごとく把握《はあく》できている。

調べようとおもったのは、十八年前の裁許帳《さいきょちょう》と付随《ふずい》する記録だった。

かなり古い代物《しろもの》だが、しっかりと保存されているのはわかっている。

手燭《てしょく》を灯《とも》し、迷うことなく奥の書棚へ向かい、埃のかぶった裁許帳を手に取った。

近くの小机に座ると、底冷えのする寒さが爪先から腰のあたりまでを痺《しび》れさせる。寒さよりも知りたいという欲求のほうが勝《まさ》り、悴《かじか》んだ指で裁許帳を捲りはじめた。

一冊目、二冊目と当たりをつけた裁許帳を捲ったものの、野鼠の小五郎の名はみつけられない。

「焦《あせ》るな」

みずからに言い聞かせ、三冊目を半分ほどまで捲る。

「あった」

野鼠の小五郎に関する記録だ。

十八年前の神無月朔日《かんなづきさくじつ》、新川河岸の池田屋《いけだや》なる酒問屋が空き巣に襲われた。逢魔刻《おうまがとき》の出来事で、盗まれた金は十五両である。数日後、怪《あや》しげな三人組が捕まった。そのうちのひとりが、野鼠の小五郎だった。

——緞帳《どんちよう》芝居の女形。齢《よわい》二十三、色白の細面《ほそおもて》。

とあるので、みてくれのよい優男《やさおとこ》が想像される。

御定書《おさだめがき》では十両盗めば首が飛ぶ。法度《はつと》のとおり、三人の盗人《ぬすつと》のうちのふたりは斬首となった。ところが、小五郎だけは赦免《しやめん》されている。理由は「返《かえ》り訴人《そにん》」と記されてあった。要するに、仲間のふたりを売ったのだ。

それ以後、野鼠の小五郎に関する記載はないが、このときの捕縛《ほばく》を契機に小五郎が密偵《いぬ》になったことは想像に難《かた》くない。

又兵衛が注目したのは、空き巣にはいられた池田屋の顚末《てんまつ》であった。

隙《すき》をみせて空き巣を招いたことが罪に問われ、身代《しんだい》半減の闕所《けっしょ》処分とされた。

厳しい仕置きにみえるが、おそらくはみせしめの意味で下されたにちがいない。

当時の闕所物奉行《けっしょものぶぎょう》は「藤堂頼母《とうどうたのも》」とあるが、又兵衛の知らぬ名だった。

池田屋は運悪く、不穏な風潮の犠牲になったと言うしかない。悪い噂も広がり、ほどもなく店をたたむことを余儀なくされた。処分から半月ののち、主人夫婦は奉公人たちに給金を払ったあと、天井の梁《はり》から鮭《しゃけ》になってぶらさがってしまう。

進退窮《しんたいきわ》まり、首を縊《くく》るしかなかったのだ。

池田屋には、小町娘《こまちむすめ》と評された一人娘があった。

生死もふくめて、どうなったかは記されていない。

いずれにしろ、悲惨な末路《まつろ》をたどったものとおもわれた。

唯一、記されていたのは「りん」という娘の名であった。

「げっ」

又兵衛が目を釘付けにされたのは言うまでもない。

それは投げ文に記されていた女の名にほかならなかった。

三

その夜、やはり、長元坊は療治所に戻ってこなかった。

翌日、野鼠の小五郎を密偵に使っていた隠密廻《おんみつまわ》りが判明した。

「北町奉行所の富沢卓四郎《とみざわたくしろう》にござります」

教えてくれたのは「でえご」こと、定廻りの桑山大悟だ。

隠密廻りは町奉行直属の同心ゆえに、上役の与力はいない。

富沢も一匹狼《いつぴきおおかみ》で通っている男らしかった。

「齢《とし》は四十を過ぎたあたりかと」

七化《ななば》けが特技ゆえ、一見すると年齢は不詳らしい。

「よぼの爺にみえることもあれば、夜盗《やとう》の首魁《しゆかい》にみえることもござります」

きりりとした若武者以外なら、どんな役柄を演じることもできる。しかも、相当に腕が立つ。小野派一刀流《おのはいつとうりゆう》を修《おさ》めているだけでなく、捕縄術《ほじようじゆつ》や柔術《じゆうじゆつ》を極めており、鎌《かま》や分銅鎖《ふんどうくさり》などの変わり武器の使い方にも習熟しているという。

「それがしも一度、捕縄術の手ほどきを受けました」

一度でも面識のある桑山なら、会ってはなしを聞く程度の仲立ちはできよう。

朝方に頼んでおいたところ、役目終わりで奉行所の長屋門を出た際、さっそく富沢らしき本人から声を掛けられた。

「平手又兵衛さまであられますか」

「さよう」

「それがし、富沢卓四郎にござります」

ぺこりと頭をさげた男は、菅笠《すげがさ》に袈裟《けさ》装束《しょうぞく》の出家にすがたを変えている。縦《たて》も横も大きく、菅笠を阿弥陀《あみだ》にしてみせた顔は温厚そうだった。

隙のない眼差しで又兵衛をみつめ、通り向こうの茶屋へ誘おうとする。

何のことはない、赤い毛氈《もうせん》の敷かれた長椅子《ながいす》では、小者の甚太郎と下女のおちよが乳繰《ちちく》りあっていた。

「あっ、鷭《ばん》の旦那」

又兵衛は綽名《あだな》を呼ばれ、気まずそうに苦笑する。

富沢は口端《くちのは》に冷笑を浮かべ、甚太郎に団子《だんご》と茶を注文した。

「へえ、ただいま」

素《す》っ頓狂《とんきょう》な間抜けは、出家の正体を知らぬらしい。

「鷭の旦那と呼ばれておられるのですか」

さっそく富沢に問われたが、面倒臭《めんどうくさ》いので由来は説《と》かなかった。

おちよの淹《い》れてくれた茶を啜り、又兵衛はおもむろに切りだす。

「野鼠のことを、ちと聞きたい」

「密偵《いぬ》の小五郎なら、生きてはおりませぬが」

「殺められたのは知っておる。誰が殺ったか、あてはないか」

「調べの最中にござります。それにしても、何故《なにゆえ》、例繰方の平手さまが密偵ごときのことをお調べに」

「浅からぬ関わりがあってな」

お茶を濁《にご》すと、富沢は深く追及してこない。

慎重に間合いをはかっているのだろう。

又兵衛は気を取りなおして問うた。

「ならば、野鼠が消された事情に心当たりは」

「いくつかござります。されど、密命に関わることゆえ、軽々《けいけい》には申しあげられませぬ。そこのところはご理解いただきとう存じます」

「承知している。隠密廻りはてっぺんの指図で動く。御奉行と同じ土俵で張りあう気など毛頭《もうとう》ない。されど、想像はつく。野鼠はおぬしの指図で悪党の懐中に潜《もぐ》りこんだ。されど、密偵とばれて殺められたのではないか」

富沢は肯定も否定もしない。眸子《まなこ》を宙に泳がせ、両手に包んだ茶碗をかたむける。

ずずっと茶を啜り、かたわらに茶碗を置いた。

もうはなすことは何もないと、仕種《しぐさ》で伝えているのがわかる。

又兵衛は折れざるを得なかった。

「わざわざ、すまなんだな」

「いいえ、これしきのことは造作《ぞうさ》もございません」

「またいずれ、足を運んでもらうかもしれぬ」

「かしこまりました。そのときは桑山大悟を仲立ちに」

富沢は菅笠を前にかたむけ、降りはじめた雪のように音も無く去っていく。

毛氈のうえには、小銭が置いてあった。

「気づかなんだな」

又兵衛は口惜《くちお》しげに漏らし、すっと尻を持ちあげる。

要するに、例繰方ごときがしゃしゃり出るな。調べたければ自分で調べろというはなしであろう。

投げ文のことを告げれば、少しは端緒《たんしょ》になるはなしが聞けたかもしれない。されど、長元坊の名を出すのは憚《はばか》られた。すっぽんのごとき隠密廻りに目をつけられたら、厄介《やっかい》なことになるのは目にみえているからだ。

あの投げ文に手掛かりがあるとすれば、文を投じた者か投じさせた者は長元坊を使って野鼠の小五郎を亡き者にしたかったものと考えられる。だが、長元坊は怪しげな誘いに乗るような間抜けではないと、又兵衛はおもいたかった。

野鼠はきっと、何処かの悪党に消されたのだ。

帰りに常盤町の療治所を訪ねたが、長元坊が戻った形跡はなかった。

又兵衛は腹を空かせた三毛猫の長助に餌を与え、弾正橋を渡って拝領屋敷へ戻る。

すると、桑山大悟が門前で寒そうに待っていた。

「でえごか、どうした」

「富沢卓四郎には会われましたか」

「おかげさまでな。されど、知りたいことは聞けなんだわ」

「手掛かりになるかどうかわかりませぬが、一昨日《おととい》の晩、野鼠を宴席《えんせき》でみた者がおります」

「まことか」

「宴席があったのは柳橋《やなぎばし》の料理茶屋ですが、よろしければ今から行ってみませぬか」

桑山は眸子を輝かせる。料理茶屋へ与力を連れていけば、只《ただ》で馳走《ちそう》をたらふく食べさせてもらえるとでもおもっているのだろう。

冠木門《かぶきもん》の向こうでは、静香が夕餉《ゆうげ》をつくって待っているはずだ。

申し訳ない気持ちは山々だが、又兵衛は冠木門に背を向けた。

「奥さまにお断りせずともよろしいのですか」

「よい。おぬしが気を使うことではなかろう」

こんなところで家長の威厳を保とうとしても意味はないのだが、そうしたくなる自分が不思議で仕方ない。

ともあれ、ふたりは足早に日本橋《にほんばし》を突っ切った。

両国《りようごく》を経て浅草橋を渡り、川端に茶屋が軒を並べる柳橋へたどりつく。

「あそこです」

桑山が指を差す。

又兵衛はうなずいた。

「平野屋《ひらのや》か。値の張る茶屋だな」

「野鼠をみたのは、おこうという遣《や》り手《て》だそうです」

「おぬしは会っておらぬのか」

「はい。じつは粘りに粘って、富沢から聞きだしました」

「ふうん、おぬしがな」

少し妙だとおもったが、ここまで来て会わずに帰る手はない。

さっそく勝手口から敷居をまたぎ、下女に頼んでおこうを呼んでもらった。

竈《かまど》のそばでしばらく待っていると、薹《とう》が立った丸髷《まるまげ》の年増がやってくる。

「お役人さまが何のご用です」

こちらを値踏みしながら、おこうは高飛車《たかびしゃ》な態度を取った。

「その物言いは何だ。こちらは与力の旦那だぞ」

いきりたつ桑山を抑《おさ》え、又兵衛は物静かな口調で尋ねる。

「一昨日の晩、宴席で野鼠の小五郎をみたそうだな」

「ええ、まあ」

何やら口が重い。一歩進んで小粒を握らせてやると、途端に口のまわりが滑《なめ》らかになった。

「御旗本三人さまの宴席ですよ。ええ、小五郎は幇間《ほうかん》をやっておりました。緞帳芝居で女形をやっている頃からの贔屓《ひいき》だったもので、置屋《おきや》から呼ばれたのが小五郎だってことはすぐにわかりましたよ」

幇間として座持ちをやらされたのであれば、小五郎は三人組と初対面だったと考えられる。

「三人組の旗本は、よく来るのか」

「いいえ、はじめてですよ。柄《がら》がよろしくないわりに、金まわりはよさそうでした。呑んで唄って芸者をあげて大騒ぎしたあげく、刀まで抜いちまいましてね。犬丸《いぬまる》さまは衆道《しゅどう》だったようで、小五郎のことをえらく気に入ったご様子で。ええ、厚化粧で素顔を隠しておりましたから、十五、六の若衆《わかしゅ》にみえたのかもしれません。ともかく、逃げる小五郎の尻をつけまわし、仕舞《しま》いには刀を抜いて組みふせておしまいに……あのとき、鍼医者の先生が止めにはいらなきゃ、大事《おおごと》になっていたかもしれません」

「待ってくれ。鍼医者が止めにはいったのか」

「ええ」

「どんな風体の男だ」

「海坊主みたいに大きな先生ですよ」

長元坊にちがいない。

それと気づいた桑山も、目を丸くする。

ここはひとつ、慎重にならねばならぬと、又兵衛は身構えた。

「鍼医者は客だったのか」

「いいえ、腰痛持ちの旦那さまがお呼びになったんですすよ」

客ではなかったことを確かめ、又兵衛は問いを変えた。

「この店は一見《いちげん》でも座敷遊びができるのか」

「できませんよ。三人の御旗本をお迎えしたのは、ご贔屓の常連さんに頼まれたからなんです」

「常連の名は」

「甘利屋磯六《あまりやいそろく》さまです」

鉄炮洲《てっぽうず》の廻船問屋《かいせんどんや》らしい。

三人組の名は一番偉そうにしていたのが犬丸源之助《げんのすけ》、ほかのふたりは名もおぼえていないという。

「何せ、騒ぎのあと、三人とも追っ払っちまいましたから」

それだけで充分だった。詳しいことは甘利屋に聞けばよいのだ。

「鍼医者のことを誰かに喋《しゃべ》ったか」

又兵衛に問われ、おこうは目を伏せた。

「喋ったのだな」

「ええ」

「誰に」

「それだけは口が裂けても申しあげられません」

「どうして」

「喋るなと言われましたから」

又兵衛は片眉《かたまゆ》を吊りあげ、小粒をもう一枚握らせてやる。

「隠密廻りの富沢さまですよ」

おこうはあっさり漏らした。

ちっと、又兵衛は舌打ちする。

乱闘騒ぎがあったのと同じ晩、野鼠の小五郎は殺められた。

捕り方なら誰もが、長元坊の行方を捜そうとするはずだ。

桑山が囁《ささや》きかけてくる。

「まずいことになりましたね」

「ああ、のんびり飯なぞ食べている暇《ひま》はないぞ」

又兵衛のことばに、桑山はがっくりと肩を落とした。

四

翌日は非番だったため、朝からひとりで鉄炮洲へ足を運んだ。

甘利屋磯六はでっぷりと肥《こ》えた五十男、面相《めんそう》は唇《くちびる》の分厚い鮟鱇《あんこう》を連想させたが、吊るし切りにしても食えそうにない。着流し姿の又兵衛を値踏みするようにみつめ、慇懃《いんぎん》な態度で濁声《だみごえ》を発してみせる。

「南町奉行所の例繰方与力さま。さようなお方が、手前なんぞに何のご用でござりましょう」

「犬丸源之助なる旗本に、柳橋の平野屋を紹介したおぼえはないか」

「ござりますよ」

あっさり応じられたので、気が抜けてしまう。

「されど、犬丸さまは御旗本ではありません。零落《れいらく》した御旗本のご次男であられます」

「ふうん、そうか。ならば、なおさら関わりを問わねばなるまい。犬丸たちは三日前の晩、平野屋で酔いに任せて刀を抜いた」

「伺《うかが》っております。平野屋さんには詫《わ》び料もお支払いいたしました。じつを申せば、犬丸さまには手を焼いておりました。平野屋さんを紹介したのは、手切れ金代わりにございます。もっとも、手切れ金もたっぷりお渡ししておりましたが」

犬丸たち三人組は甘利屋から貰《もら》った手切れ金を使い、贅沢《ぜいたく》に芸者まであげていたのだろうか。

「用心棒にでも雇っておったのか」

「半年前に一度だけ、荷下ろしの目付役をお願いいたしました。強面《こわもて》の両刀差《りやんこざ》しが桟橋《さんばし》に立っているだけで、荷荒らしの盗人どもは近寄ってこない。いつもは廻り方のお役人にお願いするのですが、そのときだけは頼みにできる旦那がおらず、人宿《ひとやど》で用心棒を見繕ってもらったのです」

犬丸たちは質《たち》の悪い連中で、金払いが悪いだの何だのと難癖をつけ、そののちも頃合いをみては小銭をせびりにあらわれた。仕方なく何度か応じてきたが、つづけるわけにもいかぬため、金輪際《こんりんざい》関わりを持たぬという約定書《やくじようしよ》に署名させ、手切れ金を渡したのだという。

「犬丸さまには、ずいぶん散財させられました。約定書も頂戴《ちょうだい》しておりますゆえ、二度と店の敷居をまたぐこともございますまい」

「何故《なぜ》、そう言いきれる」

「約定を破れば、町奉行所に訴える旨《むね》を明記させていただきました」

犬丸が根っからの悪党ならば、約定書ごときで身を引くとはおもえない。

いずれにしろ、甘利屋は犬丸たちの塒《ねぐら》はもちろん、それ以上の詳しい素姓《すじょう》を知らぬようだった。

又兵衛は虚《むな》しい気持ちを抱え、店をあとにするしかなかったのである。

鉄炮洲稲荷《てつぽうずいなり》の高台に立つと、沖合に石川島《いしかわじま》がくっきりとみえた。

渡し船が向かうのは、佃島《つくだじま》の漁師町《りようしちよう》であろう。

空は晴れ、波は凪《な》いでいた。

又兵衛は順を追って、野鼠の動きを反芻《はんすう》する。

野鼠の小五郎が幇間として座敷にあがったのは、隠密廻りの富沢に指図されたからだろう。旗本くずれの三人組を探るのが狙いだったとすれば、あらかじめ富沢は三人組に当たりをつけていたことになる。どういう悪事かわからぬが、小五郎を潜りこませて悪事の証《あか》しを得ようとしたのかもしれない。

　一方、長元坊は腰痛持ちの旦那を治療するという名目で、茶屋に潜りこんでいた。何らかの方法で小五郎を捜しだし、接近しようとこころみたにちがいない。理由は投げ文にあったとおり、おりんという女の死に関わっていたのかどうかを確かめるためだ。

　小五郎がおりんを殺めたと知ったら、長元坊はどうしたのであろうか。

「わからぬ」

　そもそも、おりんとどの程度深い仲だったのかも知らない。

　順を追って考えていくと、最初に抱いた問いが甦《よみがえ》ってくる。

　投げ文を書いたのは、いったい誰なのか。

　少なくとも、十八年前の出来事や小五郎との関わりも熟知しており、長元坊の取るであろう行動を予測できる者でなければなるまい。

「誰なのだ」

　吐きすてても、見当すらつかなかった。

　そいつの意図したとおり、長元坊は小五郎を殺めてしまったのだろうか。

　もちろん、そうではないと信じたい。

　富沢にも告げたとおり、密偵《いぬ》の正体がばれて消されたとすれば、犬丸源之助にも小五郎殺しの疑いは掛かってくる。犬丸が衆道だったことも、殺める理由としては大いに考えられよう。何しろ、逃げる小五郎の尻をつけまわし、刀まで抜いたのだ。茶屋を追いだされたあと、待ちぶせしていたとしても不思議ではない。拒《こば》もうとする小五郎に腹を立て、脳天を唐竹割《からたけわ》りにしたのだ。

「いや、待て」

そうなると、犬丸が刀を使わなかったことへの疑念が生じてくる。

「くそっ」

あれこれ考えても、真相にたどりつくのは難しそうだ。

低い空に群れ飛ぶのは、都鳥《みやこどり》であろうか。

又兵衛は踵《きびす》を返した。

もう一度、小五郎が殺められた晩の動きを調べねばなるまい。

小走りで足を向けたのは、頭陀袋のような屍骸《むくろ》が捨てられていた霊岸島の新川河岸である。

一ノ橋の手前までやってきた。

朝の作業が落ちついたのか、荷下ろしの船は少ない。

にもかかわらず、何やら大勢の連中が血相を変えて駆けまわっている。

「播磨屋《はりまや》の災厄《さいやく》だぞ。旦那と女房が鮭になりやがった」

野次馬《やじうま》の背につづき、又兵衛も播磨屋へ駆けていく。

軒を並べた酒問屋のひとつで、裁許帳にも店の名はあった。

たしか、半月ほどまえの逢魔刻《おうまがとき》だったとおもう。盗人に忍びこまれ、帳場から二十両ばかり盗まれた。盗人が捕まったかどうかは調べねばわからぬものの、又兵衛がおぼえていたのは北町奉行所のほうで播磨屋に下された沙汰《さた》だった。

——身代半減の闕所とす。

店のほうにも狙われる隙があったとしても、厳しすぎる処分ではないかとおもったのだ。

野次馬が人垣を築いていた。

人垣の狭間《はざま》から覗き見ると、入口のそばの天井の梁《はり》に縄が渡され、首の伸びた夫婦の屍骸《むくろ》がぶらさがっている。なるほど、それが天井から吊るす塩引きの鮭にみえた。

「南無阿弥陀仏《なんまんだぶ》、南無阿弥陀仏《なんまんだぶ》……」

最前列に陣取《じんど》った老婆が、懸命に経《きょう》を唱《とな》えはじめた。

黒羽織《くろばおり》の同心が人垣を掻《か》き分け、小者ともども押しだしていく。

「退《ど》け、ほら、見世物じゃねえぞ」

屍骸は三和土《たたき》に下ろされ、筵のうえに並んで寝かされた。

「商《あきな》いをつづける金を高利で借りたあげく、返せなくなったそうだ」

「哀れなはなしだぜ」

野次馬たちの囁きが、又兵衛を妙な気持ちにさせる。

新川河岸の酒問屋。逢魔刻に盗人にはいられて身代半減の闕所となり、鮭になった主人夫婦。何処かで目にした光景のように感じられてならない。

「そうだ」

十八年前に野鼠の小五郎が関わった出来事と酷似《こくじ》している。

鼓動《こどう》が速くなりはじめた。

播磨屋が蒙《こうむ》った悲劇を詳しく調べねばなるまい。

又兵衛は人垣から離れ、数寄屋橋御門をめざした。

着流しでも用件を告げれば、顔見知りの門番は奉行所の内へ入れてくれようし、書庫も日中は出入り自在なので、誰に気兼ねすることもなく書面を隈無《くまな》く調べられよう。

数寄屋橋御門へ向かうまえに、療治所を覗いてみようとおもった。

長元坊のやつが長助を案じ、ひょっこり戻ってきているかもしれぬ。

無駄骨とは知りつつも、又兵衛は弾正橋を渡り、右手の常盤町へ足を向けた。

五

長元坊はおらず、急いで奉行所にやってきた。

書庫で裁許帳を捲《めく》り、播磨屋の蒙《こうむ》った災難の顚末を調べたのだ。

肝心の盗人は捕まっておらず、捕り方が捜している形跡もない。播磨屋だけが盗人にはいられたことの過失を問われ、不運にも厳しすぎる罪を科されているような印象を受けた。

目に飛びこんできたのは、裁《さば》きにも関わったであろう闕所物奉行の名だ。

――藤堂頼母。

驚いた。

十八年前、同じ新川河岸にあった酒問屋の池田屋が三人組の盗人に小金を盗まれて闕所となった。そのときの闕所物奉行が、今も同じ地位に居座りつづけているのである。

もちろん、有能な官吏《かんり》が長きにわたって同じ役目に就《つ》く例はある。

妙なはなしではないが、何となく引っかかった。

疑いの眸子《まなこ》でもう一度、古い裁許帳を順に捲ってみた。

すると、十八年前から年に二、三件の割合で、犯した罪とくらべて厳しすぎる裁きを受けた商人のあることがわかった。

たとえば、空き巣に遭《あ》って帳場の小金を盗まれたとか、手代の使い込みが発覚したとか、裏で金貸しをやったとか、内済《ないさい》でうやむやにされてもおかしくない内容であるにもかかわらず、いずれも判で押したように身代を半減される闕所の沙汰が下されているのだ。

職種も場所もばらばらだが、ひとつだけ共通しているのは、裁許帳に記載された闕所物奉行の名であった。

——藤堂頼母。

闕所物奉行は何人かおり、年によって入れ替わりもある。それなのに、厳しい沙汰を下された案件には例外なく、藤堂頼母の名が記されてあった。

「ふうむ、調べてみる価値がありそうだな」

又兵衛はつぶやき、武鑑で藤堂家の所在を確かめた。

どうやら駿河台《するがだい》に拝領屋敷を構えているらしい。

もちろん、今の段階で訪ねても門前払いを食うだけのはなしだろう。

又兵衛は見方を変え、闕所の沙汰を下されても商いをつづけている店がないか調べてみた。

数軒あったが、今も残っているかどうかはわからない。

記載されているなかでもっとも新しいのは、半年前に沙汰を下された日本橋横《よこ》山町《やまちょう》の太物問屋《ふとものどんや》だった。

又兵衛は書庫を飛びだし、さっそく横山町へ向かったのである。

ところが、裁許帳に記載された所在にその太物問屋はなかった。

浜町堀《はまちょうぼり》を東に渡ったさき、日本橋本町《ほんちょう》一丁目から両国広小路《りょうごくひろこうじ》へとつづく大路沿いの一等地で、建っていたのは羊羹《ようかん》などの高価な菓子を扱う店だった。

とりあえず敷居をまたぎ、主人を呼んで店を出した経緯を尋ねる。

三月《みつき》ほどまえに仲立ちの者からはなしがあり、即座に沽券状《こけんじょう》を手に入れたのだという。以前の持ち主の事情はいっさいわからず、使えそうな建物ともども居《い》抜《ぬ》きで手に入れ、手直しを施《ほどこ》した。高い買い物ではあったが、それだけの価値はあったと、主人は誇らしげに言い添えた。

店をあとにしたのは、正午をまわった頃である。

腹が空いたので、蕎麦《そば》屋台でも出ておらぬかと周囲をみまわした。

浜町堀に架かる緑橋《みどりばし》の東詰めに、湯気に包まれた蕎麦屋台がみえる。

小走りに近づき、途中で足を止めた。

行く手に、物乞《ものご》いらしき親爺《おやじ》が立っている。

殺気走った眼差しで睨《にら》みつけ、こちらに聞こえるともなしに悪態を吐《つ》いた。

「くそったれ、おれは騙されて物乞いに堕《お》ちた。あの店はもともと、おれのもんだ」

聞き捨てならず、又兵衛は親爺に身を寄せた。

「おぬし、もしや、あの店の持ち主だったのか」

「ああ、そうだ。おれはあそこで、二十年も太物屋を商っていた。たった一度こそ泥にはいられたせいで、こうなっちまったんだ」

「こそ泥のせいで、闕所の沙汰を下されたのか」

「……そ、そうです」

「おぬしは身代が半分になっても、踏んばって店をつづけようとした」

「……ま、まちがいありません……だ、旦那はどちらさまで」

「わしのことはどうでもいい。おぬしのことを聞かせてくれ」

又兵衛は前のめりになっていた。

親爺は圧倒され、身を引いてしまう。

「案ずるな。喋ってくれれば、蕎麦をおごろう。月見でどうだ」

ごくっと、親爺は生唾《なまつば》を吞みこんだ。

「……し、信じられません。こんなわたしの愚痴《ぐち》を聞いてくれるお方が、この世におられるだなんて」

「よし、ならば聞こう」

又兵衛は深く息を吸い、冷静さを取りもどす。

「商いを再開したあと、いったい何があったのだ」

「ご贔屓はみんな離れていきました。それでも、わたしは商売をつづけたかった」

売るための太物を仕入れるには、まとまった金がどうしても必要だった。手持ちの金では足りぬため、どうすべきか悩んでいたとき、土地の沽券状を質草《しちぐさ》に金を融通《ゆうずう》してもよいという者があらわれた。

「高利でしたが、飛びついてしまいました」

それがまちがいの元凶だった。新たに太物を卸《おろ》すさきがみつからず、返済が滞《とどこお》った月のある晩のこと、強面《こわもて》の連中が大勢であらわれ、借金のかたにするのだと、沽券状はもちろん、金目のものをすべて奪っていった。

「物品だけならまだしも、一人娘のおたつまで奪われました。娘が苦界《くがい》に売られたと知り、女房は三日三晩泣き暮らしたすえに、毒を食らって死にました。わたしも毒を呑んだものの、死にきれなかった。この界隈で野垂れ死ぬまで、悪いやつらを呪《のろ》って生きようと決めたんです」

転落のきっかけをつくった盗人も、闕所の沙汰を下した町奉行や闕所物奉行も、弱味につけこんで借金をさせた高利貸しも、土地と建物を居抜きで買って店を出した菓子屋も、親爺にとってはすべてが恨《うら》むべき相手のようだった。

又兵衛は喋り疲れた親爺を連れ、三十二文の月見蕎麦を食わしてやる。

「美味《うめ》え、美味え」

と言いながら、親爺は懸命に蕎麦を啜った。

仕舞いには嗚咽《おえつ》を漏らし、蕎麦を食えなくなってしまう。

他人の親切がこれほど身に沁《し》みたことはないと、洟水《はなみず》を垂らしながら繰りかえすのだった。

高利貸しは「霊岸島の磯左衛門《いそざえもん》」と名乗ったらしい。

貫禄《かんろく》のある商人で、女形にしてもよいような色白の手代を連れてきた。

信じてしまった理由は、御用達《ごようたし》とみとめる旨が明記されたお上の御墨付《おすみつ》きをみせられたからだという。

あとになって、すべては偽《いつわ》りだったとわかった。

何もかも毟《むし》りとられたあとに霊岸島を歩きまわったが、磯左衛門の営《いとな》む店の痕《こん》跡《せき》は何処にも見当たらなかった。

親爺は娘が売られたさきも捜しだし、そちらにも足を運んでいた。

「音羽《おとわ》七丁目の腕《うで》ずく長屋《ながや》にござります」

「腕ずく長屋か」

安価な切見世《きりみせ》が並ぶ岡場所で、何度か町奉行所の警動《けいどう》に見舞われたはずだが、いまだ粘り強く生き残っている。

「見世の名は若那屋《わかなや》と申します。おたつは葉牡丹《はぼたん》という源氏名《げんじな》で客を取らされております」

親爺は見世先まで行ったが、内を覗くことができなかった。

泣きながら踵を返して以来、足を運んでいないという。

「駄目な父親でござります。娘に会えるはずがござりません。ただ、生きてくれているだけでいい。そうおもっております」

ことばもない。黙っていると、親爺はふいに顔をあげた。

「そういえば、昨日も若那屋のことを口にしました。そうだ、海坊主みたいに大きな方に聞かれたんです」

「何だと」

又兵衛は声を張り、親爺の胸倉を摑《つか》んだ。

「……く、苦しゅうございます」

「……す、すまぬ」

又兵衛は手を放して我に返り、眼差しを宙に泳がせる。

海坊主とは、長元坊のことであろう。長元坊も同じ道筋をたどり、真相に近づこうとしているのだ。

「すまぬ、恩に着る」

又兵衛は親爺に小粒を握らせ、その場を離れた。

行く先は音羽七丁目の腕ずく長屋だ。

やはり、長元坊は太物問屋の娘が売られた道筋をたどり、悪党の尻尾《しっぽ》を摑もうとしているのだろうか。十八年前、双親が首を縊ったおりんという酒問屋の娘も、ひょっとしたら同様の道筋で苦界に売られたのかもしれない。

長元坊は必死に何かを捜している。十八年前の穴埋めでもするかのように、脇目も振らずに突きすすんでいるのだとすれば、後ろから襟を摑んで引き留め、冷静になれと叱《しか》ってやらねばなるまい。

行く手には得体の知れぬ連中が罠《わな》を仕掛けているような気がしてならなかった。

「急がねばならぬ」

焦りが又兵衛を衝《つ》き動かした。

六

沽券状を質草に高利の金を貸し、仕舞いには沽券状や家財を奪うどころか、娘まで岡場所へ売ってしまう。

そんなことが許されてよいはずはない。

身代半減を余儀なくされた商人は、地元に根付いた老舗《しにせ》が多かった。身代を半分にされても、おいそれと店をたたもうとはせず、どうにかして商いをつづけようと努力したのではなかろうか。

ただ、再出発するには相当な覚悟がいる。借金もせざるを得なかったであろう。

今までの取引先に尻込みされてしまえば、高利でも借金できるさきを探さねばならぬ。

苦境に追いこまれた者は、甘言《かんげん》に騙されやすい。

沽券状を質草に入れてでも、商いをつづけようとする者も少なからずあったはずだ。

悪いやつらはすべてを見越したうえで、商人たちに近づいた。

あくどい騙しの手口を使い、何もかも奪い尽くしたのだ。

しかし、切った張ったの商いをしてきた商人たちが、崖《がけ》っぷちに追いつめられているとはいえ、そう簡単に騙されるだろうか。

威力を発揮したのは、やはり、お上の御墨付きであろう。

偽りの御墨付きだが、商人たちが信じて疑わぬほどの仕上がりだったにちがいない。

それほどの偽物《にせもの》を作成できる者はかぎられてくる。

「霊岸島の磯左衛門か」

貫禄のある商人で、女形にしてもよいような色白の手代を連れていたという。

「色白の手代……」

ふと、裁許帳に記された野鼠の小五郎の容姿が頭に浮かんだ。

小五郎は色白の優男で、緞帳芝居では女形をやっていたのだ。

かりに、その手代が小五郎だったとすれば、貫禄のある商人の正体もおのずと浮かんでくる。

七化けを得手《えて》とする富沢卓四郎なのではあるまいか。

偽の御墨付きも、隠密廻りなら容易に作成できよう。

富沢は高利貸しに化け、商人たちから沽券状や娘まで奪いとった。闕所の沙汰が下された商人たちを、最初から食い物にするつもりだったのかもしれない。

「……いや、まさか、それはあるまい」

いやしくも町奉行の密命を受けた隠密廻りが、さような悪事に手を染めるはずもなかろう。

「やはり、悪党は別におるのか」

又兵衛はつらつら考えながら神田《かんだ》上水《じょうすい》に沿って歩き、音羽七丁目の岡場所を指呼《しこ》の間《かん》においた。

腕ずく長屋には一度だけ、警動の助っ人で馳《は》せ参《さん》じたことがある。

昼なお暗い露地裏《ろじうら》に一歩踏みこめば、四六見世《しろくみせ》の並ぶ淫靡《いんび》な光景が広がっていた。

角の部屋で抱え主の大年増に挨拶《あいさつ》し、御用の筋で若那屋の葉牡丹にはなしを聞きたいと告げる。

しばらく待っていると、それらしき二十歳《はたち》前後の娘がやってきた。

大年増は気を利《き》かせ、そそくさと敷居の外へ出ていく。

「おたつか」

又兵衛は優しげな声で本名を口にした。

「まあ、座って喋ろう」

遠慮して畳にはあがらず、上《あ》がり端《ばな》にふたり並んで座る。

「御用の筋と言ったが、そうではない。じつは、幼馴染《おさななじ》みの鍼医者が行方知れずになった。数日前のはなしだ。どうしても会いたい。それゆえ、伝手《つて》をたどってここまでやってきたのだ」

少なくとも、真剣さは伝わったとおもう。

おたつの気持ちが、わずかに動いたように感じられた。

「ついさっき、横山町でおぬしの父親に会った」

「えっ」

「おぬしのことは、父親に聞いたのだ。娘に会いたくても会えぬ。ただ、生きてくれているだけでいいと、泣いておった」

「……そ、そんな」

「聞きたいのは、おぬしをここに連れてきた者のことだ。どんなやつか、はなしてくれぬか」

「名は存じません。色の白い四十くらいの優男でした」

高利貸しの連れていた手代に風体が似ている。

今は亡き野鼠の小五郎であろうか。

「太物屋で再起をはかった頃、高利貸しが訪ねてきたそうだな」

「わたしは、その方をみておりません。おとっつぁんに表に出るなと言いつけられておりましたから」

なるほど、金貸し主従をみていないとすれば、色白の四十男が手代かどうかは確かめようがない。

「どうして苦界に売られたのかはわかっております。おっかさんが毒を呷《あお》ったとも、色白の男から聞きました。そのときは、おとっつぁんを恨みました。でも、今は何ともおもっていません」

「色白の男は、何度か訪ねてきたのか」

「連れてこられた日と、その何日かあとに一度だけ。わたしに葉牡丹という源氏名を付けたのも、その男です」

「葉牡丹とはまた、めずらしい源氏名だな」

「十八年前にも、十七の娘を腕ずく長屋に連れてきたそうです。その娘が名乗っていた源氏名だったとかで」

どきんと、心ノ臓が脈打った。

おりんのことかもしれぬ。

「娘の本名は」

「存じません。でも、男から悲しいはなしを聞きました」

葉牡丹と名付けられた十七の娘は商家の一人娘で、おたつと同様の事情で売られてきた。だが、見知らぬ男に身を売ることに耐えられず、連れてこられた数日後、足抜けをはかったらしかった。

娘には恋情《おもい》を寄せていた若い出家があった。檀那寺《だんなでら》の修行僧である。ふたりは以前から秘《ひそ》かに心を寄せあっており、修行僧は腕ずく長屋に売られた娘を苦労のすえに捜しあてた。寺の戒律《かいりつ》を破ってでも、娘を助けたかったにちがいない。ふたりは手に手を取って足抜けをはかったのである。

だが、待ち受けていたのは悲惨な結末だった。道行《みちゆ》きの果てに死を選ぶ暇もなく、追っ手に捕まってしまったのだ。娘は額に「犬」の焼き印を押された。一方、若い僧は半殺しの憂《う》き目《め》に遭ったあげく、寺に返されたという。

十八年前の出来事を聞き、胸が締めつけられた。

若い修行僧とは、長元坊のことにちがいない。

相惚《あいぼ》れのおりんと女郎屋から逃げたものの、追っ手に捕まって半殺しにされ、寺へ送られたのち、唐傘一本抱えた丸裸のすがたで山門から放りだされたのだ。

「額に犬の字がある女郎など、たぶん、この世にふたりとおりません。恐い物みたさの客が大勢やってきたそうです。でも、何日か経って色白の男が訪ねてみると、葉牡丹は腕ずく長屋からいなくなっていた。抱え主に聞いてもこたえは要領を得ず、噂では酔った客に殺められたとのことでした」

寺を逐《お》われた長元坊も、酷《ひど》い噂を耳にしたはずだ。そのときの心境はいかばかりか、悲しみで狂わんばかりになったことだろう。

しかし、おたつのはなしにはつづきがあった。

「死んだとおもっていた葉牡丹は、生きていたのだそうです」

色白の男が言うには、十年余り経ったのち、千住宿《せんじゅしゅく》の旅籠《はたご》でばったり出会《でくわ》したらしかった。

住みこみの仲居《なかい》をやりながら、宿場女郎《しゅくばじょろう》で生活《たつき》を立てていたという。

女は男に尋ねられるがままに、腕ずく長屋を離れた際の経緯を語った。

「見世物小屋の化け物並みに人気が出たおかげで、別の岡場所へ高く売られることになった。鞍替《くらが》えするにあたって、本人が腕ずく長屋の抱え主に頼みこみ、客に殺されたという噂を流してもらったそうです」

「いったい、何のために」

又兵衛は理由を聞き、考えこんでしまった。

殺された噂を流したのは、自分への未練をきっぱり断《た》ちきってもらうためであったというのだ。

もちろん、あれこれ悩んだすえのことである。

みずからも、相手への恋情《おもい》を断ちきらねばならなかった。

苦界に堕ちて「犬」の烙印《らくいん》を押された女のことなど忘れ、どうか、新たな道に踏みだしてほしい。恋《こ》い焦《こ》がれた相手が新しい人生を歩んでくれているとおもうだけで、何とか生きていけるような気がしたのだと、女は淡々《たんたん》と告げたらしかった。

「府内《ふない》の岡場所をいくつか転々とし、千住宿へ流れついたのだそうです。もはや、額の犬の字は消えていた。艾《もぐさ》で消したうえから白粉《おしろい》を塗り、上手に隠していたと、男は言いました」

宿場女郎は、おりんにちがいない。

長元坊はおりんが死んだという噂を信じ、新たな道に踏みだすしかなかったのだ。

「ふうむ」

又兵衛は苦しげに呻《うめ》いた。

おりんは身を引いても、長元坊を慕《した》いつづけていたはずだ。

それをおもうと、切なくなってくる。

おたつが顔を近づけてきた。

「昨晩、頭を丸めたお方が訪ねてまいりました。わたしは誘われるがままに、色白の男と葉牡丹のはなしをいたしました。すると、そのお方は今の旦那と同じように眸子《まなこ》を潤《うる》ませ、嗚咽まで漏らしておしまいに……わたし、おもったのです。このお方こそ、葉牡丹のおもいびとかもしれないと」

まちがいない。昨晩、長元坊は腕ずく長屋へやってきたのだ。

そして、おそらくはその足で、千住宿へ向かったのであろう。

虚しいこととは知りながらも、草履《ぞうり》を擦《す》りへらし、今も宿場の端から端まで旅籠を一軒ずつ当たっているのかもしれない。

又兵衛はおたつに礼を言い、冷たいその手に小粒を握らせた。

請けだしてやれぬことが申し訳なく、自分が情けなくなってくる。

それでも、立ち止まるわけにはいかなかった。無駄骨かもしれぬが、今日中に長元坊の背中がみえるところまでは行かねばならぬと、又兵衛はおもった。

七

旅支度を整えるべく、八丁堀の屋敷へ戻った。

静香は詳しい事情を尋ねることなく、黙々と支度を手伝ってくれる。

鑽火《きりび》まで切って送りだされたところへ、定廻りの桑山大悟がひょっこりあらわれた。

「平手さま、野鼠の小五郎を殺めた者が捕まりました。犬丸源之助ほか二名の浪人どもにござります」

「何だと」

「お手柄は北町奉行所の隠密廻り、富沢卓四郎だそうです」

犬丸たちには、このところたてつづけに起こっている商家荒らしの疑いがあった。そのため、小五郎に命じて見張らせていた。ところが、小五郎はどじを踏み、犬丸たちに素姓がばれた。

「それで命を縮めたというのが、どうやら顚末のようで」

又兵衛が富沢に喋った筋書きと同じだ。

「怪しいな」

調べが進んだ今となってみれば、小五郎は別の誰かに、別の理由で殺められたとしかおもえない。

もちろん、長元坊ではないと信じたい。

長元坊でないとすれば、誰なのだろうか。

富沢卓四郎かもしれぬと、又兵衛はおもった。

子飼いの密偵《いぬ》ならば、何かと都合の悪いことも知っていよう。みずからの手で小五郎の口を封じ、犬丸たちに罪を擦《なす》りつけようとしたのではあるまいか。

「酒問屋の播磨屋を荒らした連中は、浪人風体で黒覆面の三人組だったそうです」

面相をみた奉公人はいないものの、捕まった連中と背恰好が似ていると何人かが証言したらしい。となれば、犬丸たちは盗みの件でも裁かれよう。

又兵衛はめまぐるしく頭を回転させた。

犬丸たちはたしかに、播磨屋の帳場を荒らしたのであろう。ただし、自分たちの企《くわだ》てではなく、誰かに命じられたにちがいない。しかも、手口は素人《しろうと》がやったに等しく、帳場にあった金を鷲摑《わしづか》みにする程度のものだった。むしろ、そうした手口のほうが好都合だったのかもしれない。なぜなら、落ち度のあった播磨屋を身代半減の闕所に問いやすくなるからだ。

手荒な連中を雇って商家を襲わせ、厳しすぎる闕所の罪に追いこむ。

もしかしたら、それは十八年前から何度となく使われてきた手口なのではないか。

犬丸たちのごとき連中がどうなろうと、指図する者にとってはどうでもよいのだ。悪知恵のはたらく上の狙いは、あくまでも、闕所の沙汰を下された商家そのものにある。騙《かた》りの手口で沽券状を奪い、家財や娘まで売り払う。それこそが狙いだとすれば、けっして許すわけにはいかない。

「行ってまいる」

又兵衛は草履の鼻緒《はなお》を締め、冠木門から外へ出た。

頭には菅笠をかぶり、打裂羽織《ぶっさきばおり》を纏《まと》った背には打飼《うちがい》を負い、腰の大小は柄袋《つかぶくろ》に包んである。

千住宿までは二里余り、歩けば一刻ほどは掛かるだろう。

日本橋の手前で桑山大悟と別れ、鎧《よろい》の渡《わた》しから小舟を仕立てることにした。

向かい風は身を切るほどに冷たかろうが、幸い空は穏やかに晴れている。

夕暮れまでには、千住大橋《せんじゅおおはし》の近くにたどりつけよう。

又兵衛は船上の人となった。

老《お》いた船頭の操《あやつ》る小舟は日本橋川を経由し、大川《おおかわ》をのんびりと遡上《そじょう》していく。

十八年前、酒問屋の池田屋は三人組の盗人にはいられ、身代を半分にする闕所の沙汰を下された。そのときに盗みにはいったうちのひとりが野鼠の小五郎で、小五郎は密偵になることを条件に罪を免《まぬが》れた。富沢卓四郎とはおそらく、そのときからの付きあいだったにちがいない。

富沢は池田屋の後始末で予想以上の儲《もう》けを手にした。これに味を占《し》め、同じ手口を繰りかえすようになったのではなかろうか。

だが、隠密廻りだけで、これほどの悪事が何年もつづけられるはずはない。

ほかにも関わっている者がいるのではないか。

――藤堂頼母。

又兵衛の脳裏《のうり》に浮かんだのは、十八年も同じ闕所物奉行の地位に座りつづける人物にほかならない。

むしろ、黒幕かもしれなかった。

身代を半分にする闕所の沙汰さえ下せば、さほど苦労せずとも懐中に裏金がはいってくる。甘い汁を吸いつづけようとおもい、裁定に手をくわえたとしても不思議ではなかろう。

こうなってくると、最初から筋書きを考えなおさねばならぬかもしれない。

たとえば、野鼠の小五郎の役まわりとは、いったい何だったのか。

盗人どもの見張りではなく、むしろ、引込役だったのではなかろうか。

金に困った悪そうな連中に近づき、狙いを定めた商家への盗みをはたらきかける。たとえ盗みに失敗《しくじ》ったとしても、それ相応の手間賃を払うと誘いかければ、犬丸源之助のように乗ってくる連中はいくらでもいただろう。

そして、盗みに遭った商家を闕所物奉行の裁量で身代半減の闕所に持ちこみ、そののち、隠密廻りが手練手管《てれんてくだ》を駆使して残りの身代を奪い尽くす。身代の半分は幕府の御蔵へ納められるところが、このやり方の肝《きも》だ。裁定に関わった闕所物奉行は勘定奉行《かんじょうぶぎょう》から褒《ほ》められこそすれ、疑われることはまずなかろう。

味を占めるとは、おそらく、こういうことなのだ。

危ない橋を渡るまでもなく、ひと財産築くことができるとなれば、一線を越えるのにさほどの抵抗はあるまい。

凪いだ川面《かわも》をみつめ、又兵衛はさまざまに想像を膨らませた。

小舟は蔵前《くらまえ》の埠頭脇《ふとうわき》を通過し、吾妻橋《あずまばし》をめざして遡《さかのぼ》っていく。

山谷堀《さんやぼり》の入口を左手におく頃には、日没となるにちがいない。

殺された野鼠の小五郎は、裏のからくりを知る立場にあった。

知りすぎた密偵《いぬ》は、遅かれ早かれ消される運命にある。

自分でもそれがわかっていたのではなかろうか。

それゆえ、駄目元で誰かに救いを求めようとした。

十八年前の惨事に深く関わった長元坊ならば、少なくとも相談に乗ってもらえるかもしれない。

だが、よほど目を引くことでもしなければ、重い腰をあげさせることはできまい。

いろいろ考えたすえに、投げ文をおもいつく。

――おりん殺しは野鼠の小五郎。

それが捻《ひね》りだした文言だった。

すなわち、小五郎自身が投げ文をしたためたのだ。

そののち、どういう経過をたどったのかはわからぬが、ふたりは柳橋の平野屋ではじめて顔を合わせた。小五郎は盗みにはいった三人組のひとり、密偵になっていようがいまいが、長元坊は殺す気で出向いたのだろう。

ところが、小五郎自身が文を投じたと知り、はなしに耳をかたむけた。

そして、悪事のからくりを知り、おりんが生きていたことも、十八年前に死んだことにされた事情も知った。

ふたりがどのような約束を交わしたのかはわからぬ。

だが、小五郎は長元坊と別れたあと、脳天を割られて死んでしまった。

「いや、ちがうな」

と、又兵衛はこぼす。

小五郎に会って、おりんのはなしを聞いたとすれば、長元坊は即座に千住宿へ向かったにちがいない。うらぶれた太物問屋の元主人に会い、音羽の腕ずく長屋でおたつのはなしを聞くまでもなかったはずだ。

たぶん、小五郎は駆け引きをしたのだ。

この身を助けてくれれば、おりんの行方を教えると伝えた。

しかし、本人が死んでしまったことで、長元坊は自力でおりんの行方を捜さざるを得なくなった。

「そんなところか」

何故、小五郎が長元坊を頼ったのかはよくわからない。

ただし、描いた筋書きは大きく外れてはおるまいと、又兵衛はおもった。

左手の岸辺にみえる幾筋《いくすじ》もの黒煙は、今戸焼《いまどやき》の窯《かま》から立ちのぼったものであろう。

杏色《あんずいろ》の夕陽は川面に溶《と》け、小舟が紅蓮《ぐれん》に燃える炎のなかを漕《こ》ぎすすむような錯覚《さっかく》にとらわれる。

千住大橋までは、あとひと息のところだ。

たどりついたさきで、長元坊とめぐりあえるかどうかはわからない。

肝心のおりんが今も宿場にいるあてなどひとつもなかった。

長元坊は十八年前の穴埋めでもするかのように、来《こ》し方《かた》の幻影を追いかけている。
自分は友の身を案じるあまり、友の足取りをなぞるように大川を遡上してきた。
気づいてみれば周囲は薄闇に包まれ、眸子《まなこ》を細めても行く手には何もみえない。
胸騒ぎを感じるのはどうしてなのか。
何か見落としていることでもあるのだろうか。
小五郎が長元坊にこだわったのには、やはり、明確な理由があったはずだ。
それが何かは見当もつかない。
いずれにしろ、十八年前の出来事に関わることであろう。
「くそっ」
向かい風が強くなってきた。
又兵衛は襟を寄せ、身を縮める。
もはや、船頭の顔さえもみえない。
ひょっとしたら、これは長元坊に仕掛けられた罠ではないのか。
「……まさか」
考えすぎであろう。
だいいち、罠を仕掛ける理由が何処にあるというのだ。

又兵衛は首を強く横に振り、行く手の闇をじっと睨みつけた。

小舟の向かうさきには、抗《あらが》うべくもない陥穽《かんせい》が大きな口を開けているように感じられてならなかった。

八

千住宿は大橋を挟んで南北に長い。

橋のそばに材木問屋が目立つのは、秩父《ちちぶ》の山々で伐《き》りだされた材木が集められる拠点だからだ。南詰めの小塚原町や熊野《くまの》権現社《ごんげんしゃ》門前には、筏師《いかだし》を泊める筏宿《いかだやど》なども軒を並べていた。

一方、北詰めの橋戸町《はしどちょう》から千住掃部宿《せんじゅかもんしゅく》へと繋《つな》がる日光街道《にっこうかいどう》沿いには、大小の旅籠がずらりと並んでいる。宿場は高札《こうさつ》のある一里塚《いちりづか》を越えてもまだつづくのだが、主立った旅籠は一里塚から南に集まっていた。

もちろん、一軒ずつまわるのは根気が要る。十軒ほどまわったところで声は嗄《か》れ、足は棒になりかけた。いずれにしても今宵《こよい》の宿を探さねばならず、十一軒目の『布袋屋《ほていや》』で草鞋《わらじ》を脱ぐことにする。

足を濯《すす》いでもらっていると、二階から賑やかな笑い声が聞こえてきた。

「今宵は甘利屋さんの宴席で、騒々しいのでございます」

宿場女郎を兼ねた年増の仲居が、流し目を送ってくる。

又兵衛は疲れきっており、何となく聞きながしつつも、甘利屋という名にだけは引っかかりをおぼえた。

「甘利屋とはまさか、鉄炮洲の廻船問屋ではあるまいな」

「そうですよ」

「えっ」

仲居にあっさり応じられ、拍子抜《ひようしぬ》けしてしまう。

甘利屋を訪ねたのは今朝のことだ。鮟鱇顔の主人は胡散臭《うさんくさ》い男で、野鼠殺しの嫌疑で捕まった犬丸源之助たちを用心棒に雇っていたこともあった。

「廻船問屋というより、甘利屋さんは金貸しです。材木問屋の旦那衆相手に手広く商いを広げ、蔵がかたむくほど儲けていると聞きましたよ」

仲居は遠慮もせず、内輪でするような噂話を囁く。

やがて、三味線《しやみせん》の音色《ねいろ》と芸者の歌声が聞こえてきた。

「ずいぶん派手にやっておるな」

「ええ、何でもお大尽《だいじん》は、お上のお偉いお方だとか」

ぐっと、身を乗りだした。

お偉いお方の素姓が、是が非でも知りたくなる。

小粒を握らせてやると、仲居は旅籠のまえに待機する宿駕籠《やどかご》の駕籠かきに、さりげなく帰りの行き先を聞いてきてくれた。

「この調子だとお泊まりになるかもしれませんけど、命じられている行き先は駿河台の稲荷小路《いなりこうじ》だそうです」

太田姫《おおたひめ》稲荷のそばには、調べていた相手の拝領屋敷がある。

誰あろう、闕所物奉行の藤堂頼母にほかならなかった。

ひょっとしたら、隠密廻りの富沢卓四郎も招かれているかもしれない。

だが、お喋り好きな仲居によれば、侍は今のところ、偉そうなお大尽と若い従者たちだけのようだった。

おもいがけない偶然に感謝するしかなかろう。

富沢が化けたとおぼしき金貸しは、身代を半減する闕所の沙汰を下された商家へ出向き、高利で当座の金を貸しつけた。貸し金の出元は甘利屋だったのかもしれない。闕所物奉行や隠密廻りと結託し、巧《たく》みな騙りの手口で他人の身代を掠《かす》めとったとすれば、問答無用で厳罰に処するしかなかろう。

何ひとつ証しはないが、甘利屋も悪党の仲間に入れてよいのではなかろうか。

又兵衛は、そんなふうにおもった。

ついでに、海坊主のような鍼医者を見掛けなかったか聞いたが、仲居は首を横に振った。

差しだされた宿帳《やどちょう》に、適当な身分と偽名を記す。

からだは疲れきっているのに朝まで眠れそうになく、案内された部屋でひと息ついたあとは、仲居にすすめられた風呂にも浸《つ》からず、宴席の連中をそれとなく見張ることにした。

やがて、宴席はおひらきとなり、お大尽主従は泊まることに決めたのか、宿場女郎を各々《おのおの》の寝所へ連れこんだ。

一方、甘利屋だけは誰も呼ばず、少し離れた二階の寝所に引っこんだ。

又兵衛は気づかれぬように、そっと部屋のそばへ近づいた。

帳面を捲《めく》る音だけが、微《かす》かに聞こえてくる。

しばらく様子を窺《うかが》っていると、何者かが大階段をのぼってきた。

廊下の隅に隠れ、じっと息を殺す。

寝所の襖 障 子《ふすましょうじ》が開き、人影は内へ消えた。

想起《そうき》された人物は、富沢卓四郎である。

まちがいあるまい。やはり、隠密廻りも仲間なのだ。

襖障子に耳を寄せると、話し声が小さく聞こえてきた。

「海坊主はみつかりましたか」

「いいや、みつからぬ。されど、宿場の何処かに潜《ひそ》んでおるのは確かだ」

海坊主とは長元坊のことであろう。

悪党どもは何故か、長元坊を捜しているのだ。

「上手《じょうず》の手から水が漏れる。せっかくおびき寄せた魚を釣り落としましたかな」

「あきらめるのはまだ早いぞ」

「もちろんです。一万両をあきらめる気など、毛頭ございません」

富沢らしき男に向かって、甘利屋は語気を強める。

わずかな沈黙ののち、どちらかが溜息《ためいき》を漏らした。

「野鼠の小五郎は、わしに言った。隠し金の在処《ありか》は、おりんの情夫《いろ》だった海坊主だけが知っていると。あやつは死ぬまえに、そう言ったのだ」

「手前も小五郎のことばを信じた。それゆえ、千住の宿場に罠を掛けて誘ったのでござります。密偵《いぬ》の吐いたことばが嘘《うそ》かどうかは、海坊主を捕まえてみればわかること」

「たしかにな。今さら死人を疑っても詮無《せんな》いはなしだ」

「ご心配にはおよびません。ほどもなく、海坊主は捕まりましょう。問屋場《といやば》の木っ端《こっぱ》役人どもに鼻薬《はなぐすり》を利かせましたから」

「宿改《やどあらた》めをさせる気か」

「ええ、早々に。いけませぬか」

「いいや、獲物を燻《いぶ》りだすにはよい手だ」

「されば、富沢さまは高みの見物を。海坊主の口を割らせる際は、お出ましいただかねばなりませぬ」

襖障子のそばから、そっと離れた。

今耳にした会話の断片を繋ぎあわせ、筋書きをもう一度描きなおさねばならない。

敵は長元坊を知っているどころか、おりんとの関わりを利用して巧みに罠を仕掛け、長元坊を千住宿へおびき寄せていた。おびき寄せた理由は、一万両にのぼる隠し金の在処を吐かせるためだ。

一万両がどういう金かはわからぬし、誰がどのような経緯で隠したのかも判然とはしない。ただし、十八年前に闕所の沙汰を下された池田屋が関わっていることは推察でき、甘利屋と富沢らしき人物の狙いが一万両であることもあきらかになった。

さらに、今から宿改めがはじまることもわかった。

「好機か」

宿場役人に化け、捕り方と行動をともにすれば、ひとあし先に長元坊を捜しあてられるかもしれない。

又兵衛はさっそく、行動に移った。

旅籠から脱《ぬ》けだし、捕り方が集まる問屋場へ向かう。

一里塚のある高札のそばだ。

宿場はさきほどまでとは打って変わり、ひっそり閑《かん》と静まりかえっている。

――火の用心。

番太郎の叩く拍子木《ひようしぎ》と重なって聞こえるのは、山狗《やまいぬ》の遠吠《とおぼ》えであろうか。

いや、ただの風音であろう。

問屋場へ向かう途中で、又兵衛は足を止めた。

行く手から、捕《と》り物装束《ものしようぞく》の物々しい連中がやってくる。

ひょいと横道に隠れ、捕り方をやり過ごし、すかさず、何食わぬ顔でしんがりに従《つ》いた。

ひとりだけ遅れた小者の襟首《えりくび》を摑み、物陰に引きずりこんで当て身を食わせる。

「すまぬが、朝まで眠ってくれ」

手足を縛りつけ、猿轡《さるぐつわ》を嚙《か》ませた。

筵で何重にも包んでやれば、凍《こご》え死にする心配はあるまい。

戦利品は鎖鉢巻《くさりはちまき》と手甲脚絆《てつこうきやはん》、着物まで換える必要はなかろう。

得物は自前の刃引刀《はびきとう》を使えばよいが、小者の携《たずさ》えていた刺股《さすまた》も借りておく。

往来へ戻ってみると、捕り方の影は遥《はる》かさきで左右に分かれ、旅籠の内へ消えていった。

誰かの怒声《どせい》や悲鳴も聞こえてくる。

「ふん、そんなところにはおらぬぞ」

又兵衛は自分なりに見当をつけていた。

長元坊が潜んでいるとすれば、宿場外れの木賃宿《きちんやど》か、そうでなければ、筏師の泊まる筏宿あたりだろう。

のんびり歩いていくと、左手の旅籠から捕り方が飛びだしてくる。

先頭で指揮を執《と》るのは、道中奉行《どうちゅうぶぎょう》配下の同心であろうか。

目が合うや、凄《すさ》まじい剣幕《けんまく》で怒鳴られた。

「たわけめ、ちんたら歩いておるでないぞ」

「はっ」

急いで捕り方の背後に従き、旅籠の内へ踏みこむ。

「宿改めじゃ、神妙にいたせ」

同心の掛け声に合わせ、土足で大階段を駆けあがった。

こんなところにはおらぬさと、みずからに言い聞かせつつも、一抹《いちまつ》の不安がないわけではない。長元坊をみつけたいのは山々だが、やはり、捕まってほしくない気持ちのほうが勝《まさ》っていた。

どっちにしろ、悪党どもの好きなようにはさせぬ。

又兵衛は胸中につぶやき、客間の襖障子を引き開けた。

九

丑三《うしみ》つ刻《どき》（午前二時頃）になると、爪先まで凍るほどの寒さに身が震えた。

長元坊に掛けられた疑いは、とある商家の蔵荒らしだという。

襲われた商家の屋号も知らされず、被害の中味も告げられていない。捕り方にとって、そんなことはどうでもよかった。一刻も早く獲物を捕まえ、家に帰って酒を喰《くら》って眠りたい。誰もがそうおもっていた。

大橋の北に位置する掃部宿の旅籠については宿改めもあらかた終わり、長元坊らしき者はみつけられなかった。

捕り方は疲れきったからだに笞《むち》打ち、提灯《ちょうちん》を連《つら》ねて大橋を南詰めへと渡る。

「みつけたら容赦《ようしゃ》しねえ」

「袋叩きにしてやろうぜ」

時が経つにつれて、小者たちの憎しみは募《つの》っていった。

これほど寒い晩に、どうしてこき使われねばならぬのか。

誰もが怒りを腹に溜め、不平不満の捌《は》け口《ぐち》を求めていた。

こんなやつらにみつかったら、さすがの長元坊も往生《おうじょう》させられることだろう。

しかも、五十人に近い大人数である。

捕り方は大橋を渡り、三手に分かれた。

指揮を執る同心は三人、一番偉い与力は問屋場で火鉢《ひばち》に当たりながら手柄を待っているらしい。一方、与力に袖《そで》の下《した》を渡した甘利屋は、隠密廻りの富沢とともに『布袋屋』で首を長くしているはずだ。

さきほどまでとちがい、又兵衛は緊張を隠しきれない。

さっそく捕り方に紛《まぎ》れて、筏宿のひとつに押し入った。

「宿改めだ」

同心の声も嗄《か》れている。

大部屋に踏みこみ、寝ている連中を叩き起こした。

「何だこんにゃろ」

なかには気の荒い者もおり、大声で喚《わめ》いたり、抗ってくる者もあった。

捕り方は役目を早々に切りあげ、開けっ放しの木戸から外へ飛びだす。

――ぴっ、ぴぴー。

突如《とつじょ》、呼子《よびこ》が鳴った。

「逃げたぞ。海坊主が逃げおった」

通りの向こうで、別の捕り方が叫んでいる。

「すわっ、捕まえろ」

小者たちは目の色を変えて土手を降り、川縁《かわべり》へ向かっていく。

又兵衛は土手沿いに走り、土手下の暗闇に目を凝《こ》らした。

居待《いま》ちの月が雲間に見え隠れしている。

背後の大橋を振りかえれば、熊野権現の鳥居が黒々とみえた。

川岸には荒縄で縛られた細長い筏が何組も浮かんでおり、岸辺の太い杭《くい》に綱《つな》で繋がれている。

「うわああ」

捕り方の雄叫《おたけ》びが聞こえた。

又兵衛は土手のうえを矢のように突っ走る。

「ひぇええ」

何人かの悲鳴が錯綜《さくそう》しはじめた。

「囲め、早く囲め」

眼下には龕灯《がんどう》や松明《たいまつ》が飛び交い、激しい捕り物がはじまっている。

囲みの内をみやれば、巨漢の海坊主が大暴れしていた。

長元坊だ。

手にした丸太をぶんまわし、近づく小者たちを叩きのめしている。

どう眺《なが》めても、袋の鼠《ねずみ》であった。

それなのに、痛快な気分になってくる。

「ふはは、やりおる」

大人数に囲まれつつあるのに、又兵衛は何故か、嬉しくて仕方ない。

いつもの長元坊がすぐそばにいる。たぶん、それだけで満足なのだ。

が、いつまでも見物しているわけにもいかなかった。

捕り方は今や、梯子《はしご》まで持ちだそうとしている。

「まずいな」

四方から梯子で挟まれたら、さしもの長元坊も抗うことはできまい。

又兵衛は咄嗟《とっさ》に、救いだす手立てをおもいついた。

「待っておれ」

又兵衛は嬉々《きき》として土手を駆け降り、手にした刺股で小者たちに襲いかかる。

「退《ど》け退《ど》け」

大声を張りあげて刺股を振りまわし、何人かをぶちのめす。

囲みの一端に穴が開き、捕り方の態勢が崩れかけた。

「うわっ、何事だ」

驚いた連中が一斉に振りかえる。

又兵衛は刺股を捨て、指揮を執る同心のひとりに駆け寄った。

「ぬおっ」

刀を抜かず、柄頭《つかがしら》で鳩尾《みぞおち》を突いてやる。

「のげっ」

同心は白目を剝き、その場に頽《くずお》れてしまった。

さらに動きを止めず、ふたり目の同心に迫るや、今度は抜き際の一刀で眉間《みけん》を割ってやる。

「ぬぎゃっ」

刃引刀なので、斬ってはいない。

昏倒《こんとう》させただけだが、小者たちには斬ったようにしかみえぬ。

「うひゃっ」

何人かが尻をみせ、土手のほうへ逃げていく。

「莫迦者《ばかもの》、逃げる者は罰するぞ」

胴間声《どうまごえ》をあげる三人目の同心は、図体の大きな男だ。

だが、又兵衛の敵ではない。

素早く身を寄せ、一合も交《まじ》えずに首筋を打った。

「きょっ」

同心は白目を剝く。

「うわっ」

残った連中は烏合《うごう》の衆《しゅう》と化し、右往左往するしかない。

「おい、こっちだ」

又兵衛は仁王立《におうだ》ちする長元坊に声を掛けた。

もちろん、助っ人が誰かはわかっているはずだ。

わからぬのは、又兵衛がここにいる理由であろう。

長元坊は丸太を握ったまま、きょとんとしている。

「早く来い、海坊主」

怒鳴りつけてやると、ようやく動きだした。

又兵衛も川縁をめざし、勢いよく駆けている。

「あそこだ。あそこにおるぞ」

土手のうえから、新手の捕り方がやってきた。

先頭で率《ひき》いている同心にはみおぼえがある。

富沢卓四郎にほかならない。

鎖鉢巻を締め、襷掛《たすきが》けまでしている。

でえごこと桑山大悟は言っていた。小野派一刀流を修めているだけでなく、捕《ほ》縄《じょう》術《じゅつ》や柔術を極めているという。

物腰をみれば、嘘でないことはわかる。

「あいつだけは相手にしたくないな」

川縁から見上げ、又兵衛は吐きすてた。

杭に繋がる綱を切り、ひょいと筏のうえに乗り移る。

「くそったれめ」

長元坊も川縁を蹴り、筏の端っこに跳び乗ってきた。

――ばしゃっ。

筏が左右に大きく揺れ、振り落とされそうになる。

「くっ」

どうにか踏みとどまり、荒縄の結び目にしがみついた。

すぐさま、筏は走りだす。

川の流れには勢いがあった。

上から眺めているのとは大違いだ。あっという間に大橋は遠ざかり、ふたりを乗せた筏は奔流《ほんりゅう》のなかを跳びはねるように流されていく。

「ぬうっ」

極寒《ごっかん》の川に落ちれば、おそらく、命はあるまい。

筏で逃げるという咄嗟のおもいつきを、又兵衛は今さらになって悔《く》やんだ。

首を捻《ひね》れば、長元坊が後方で何か叫んでいる。

「莫迦野郎……」

それだけは聞こえた。間合いが遠すぎ、ほかの台詞《せりふ》は聞きとることができない。

長元坊も必死に荒縄を握っていた。手を放せば、川に振り落とされる。それゆえ、近づいてこられないのだ。

両腕がじんじん痺れ、力がはいらなくなってくる。

いったい、どのあたりまで流されてきたのか。

左右をみても、漆黒《しっこく》の闇だけが広がっている。

川面は黒く、行く手も闇しかなかった。

ともかく速すぎて、位置を確認できない。

少し上を向けば、端の欠けた月がある。

筏はさらに進んでいった。腕の感覚すらなくなり、何も考えられなくなってくる。

——どん。


つぎの瞬間、凄まじい衝撃を受け、又兵衛は川へ放りだされた。

水中で必死に藻掻《もが》き、首から上を水面《みなも》に浮かびあがらせる。

筏はばらばらになり、遥か前方へ押し流されていった。

おそらく、棒杭《ぼうぐい》か何かに衝突したのだろう。

「くそっ」

死を覚悟したとき、片足が川底についた。

両足で立ってみると、浅瀬であることがわかる。

「おい、又」

後ろから、太い声を掛けられた。

振りむけば、長元坊が笑っている。

「助かったな。ここは百本杭《ひゃっぽんぐい》だぜ」

「……ほ、本所の百本杭か」

そこからさきは、声が震えてことばにならない。

手足も凍りつき、意のままに動いてくれそうになかった。

積もるはなしは、川からあがって身を温めてから、じっくりと聞くことにしよう。

「ほら、手を出せ」

長元坊が水を漕いで近づき、丸太のような腕を伸ばしてきた。

又兵衛も震える手を差しだし、八つ手《やつで》のような掌《てのひら》を握りしめた。

十

両国橋の東詰めまで歩き、自身番の番太郎を起こして内へ入れてもらう。

長火鉢《ながひばち》に炭を注ぎ、どんどん燃やして温まった。

着物を脱いで裸になり、炎で全身を炙《あぶ》りたくなったが、次第に震えも収まってきた。

こちらは瘦《や》せても枯《か》れても南町奉行所の与力なので、若い番太郎は迷惑そうにしつつも抗うことはできない。

「腹が減ったな、鴨鍋《かもなべ》でも食うか」

と、長元坊がうそぶいた。

「おい番太、醬油《しようゆ》と酒はあるか」

「へい」

「砂糖はなかろうな」

「ござんせん」

「ならば、薬屋にでも行って砂糖を借りてこい」

「今からですか」

「ああ、そうだ。寝ている手代を叩き起こせ。椎茸《しいたけ》に春菊《しゅんぎく》、葱《ねぎ》に芹《せり》、それと焼《や》き豆腐《どうふ》もいるな」

「そんなに」

「文句を言うな。肝心の鴨も忘れるな。真鴨《まがも》の上等なやつだぞ。銭は掛かっても、肥えたやつを調達してこい。葱は多めにな。おめえにも、舌が蕩《とろ》けるほど美味《うめ》えのを食わしてやる。わかったら行け」

「へえ」

「おっと待て。鍋はあるのか」

「大鍋はありやせんが」

「なら、そいつも借りてこい。大急ぎだぞ。全部揃《そろ》えたら、こちらの与力どのが金一封くださるかもしれねえ」

番太郎は困惑しつつも、寒空に躍《おど》りだしていった。

それを待っていたかのように、又兵衛が口を開く。

「さあ、喋ってくれ。投げ文を読んでからの経緯をな」

「おめえが描いた筋書きをさきに聞こう。そいつにおれが突っこみを入れる。そのほうが早そうだ」

「よし。まず、投げ文を書いたのは、野鼠の小五郎本人だった。小五郎は十八年前の池田屋荒らしをきっかけに、富沢卓四郎の密偵《いぬ》になっていた。ところが、足を洗いたくなり、おぬしに助けを求めた。それが投げ文をしたためた理由だ」

「正解。つづけろ」

「ふむ。おぬしは柳橋の平野屋で小五郎と落ちあった。小五郎を殺す気で向かったが、容易ならざる悪事のからくりを打ちあけられ、おもいとどまった」

「おめえのことだ。悪党が誰と誰か、おおまかな悪事のからくりも予想はついてんだろう」

又兵衛は唇を嘗《な》め、早口で応じた。

「素姓の怪しい浪人や小悪党を雇って商家を襲わせ、身代半減の闕所に追いこむ。そののち、当座の金を貸すと言って巧みに近づき、土地の沽券状から家財一切までを騙しとる。こうした騙《かた》りが、池田屋荒らしをきっかけに、十八年もつづけられていた。音頭を取ったのは隠密廻りの富沢卓四郎、廻船問屋の甘利屋が後《うし》ろ盾《だて》になり、闕所物奉行の藤堂頼母も甘い汁を吸いつづけてきた」

「それと同じ筋書きを、密偵の小五郎に平野屋で聞かされた。おれにしてみれば、小五郎は十八年前の亡霊だ。あの野郎、かつておれが命懸《いのちが》けで惚《ほ》れた女が生きているとは抜かしやがった」

「池田屋の一人娘、おりんだな」

「そいつも亡霊さ。おれへの恋慕《れんぼ》を断ちきるために、おりんは自分で死んだことにしたらしかった。野鼠の野郎、おりんの居所を知りたかったら、自分を悪党どもから救ってくれと、おんおん泣きやがった。おれは小五郎を信じなかった。でも、翌朝に死んだと知り、信じてやる気になった。それがまちがいのもとさ」

長元坊は自力でおりんの居所を捜しまわり、千住宿の旅籠で宿場女郎をやっているかもしれぬところまで嗅《か》ぎつけた。

「でもな、そいつはやつらの仕掛けた罠だった。小五郎は死ぬまえに、たぶん、富沢におれのことを告げたんだとおもう」

助かりたい一心で、あることないこと、すべてぶちまけたにちがいないという。

「そうじゃなきゃ、おれが宿場で襲われたことと辻褄《つじつま》が合わねえ。悪党どもは、おれが一万両の隠し場所を知っているとおもいこんでいやがる。二股を掛けた小五郎が、そうおもわせたのさ」

又兵衛は首を捻った。

「一万両ってのは何なんだ」

「池田屋が抜け荷で儲けた金だとさ」

「えっ、池田屋は抜け荷をやっていたのか」

二重底にした酒樽の底にご禁制の俵物《たわらもの》を隠し、廻船問屋の甘利屋にせっせと運ばせ、海のうえで唐船《からぶね》に売りつけていたという。

「ところが、抜け荷で儲けた一万両が何処かに消えた。野鼠によれば、甘利屋は池田屋が何処かに隠したとおもいこんだらしいが、たぶん、そいつはちがう」

「どうちがう」

「おれは池田屋の旦那を知っていた。今でもよくおぼえている。おれが修行していた寺の檀家《だんか》でな、商売を手広くやっていたときは横柄《おうへい》な野郎にみえた。ところが、盗人にはいられて闕所の沙汰を下されたあとは、牙《きば》を抜かれたようになった。信心深《ぶけ》えところがあってな、今にしておもえば、改心したかったんだとおもう」

「改心か」

「ああ。おれがおもうに、一万両は檀那寺《だんなでら》に寄進《きしん》しちまったにちげえねえ。でなきゃ、その金で再起をはかることもできたはずだ。とどのつまり、寄進したおかげで金詰まりになり、高利の金を借りて首を縊《くく》るはめになった。罰《ばち》が当たったのさ。娘のおりんは、親のせいで破滅しちまったんだ」

どの時点かはわからぬが、ふたりが相惚れになったのは確からしい。

「くそっ、おりんを生き地獄に堕としやがって」

来《こ》し方《かた》の恋情《おもい》が甦《よみがえ》ったのか、長元坊は憎々しげに吐きすてる。

なるほど、一万両が寄進されたとするなら、泡と消えたも同然だ。

しかし、甘利屋や富沢卓四郎は、池田屋が何処かに隠したとおもいこんだ。

「自分たちなら、まちがいなくそうする。悪党の考えそうなことさ。小五郎はそいつを利用した。一人娘の情夫《いろ》だったおれだけが隠し場所を知っていると、苦しまぎれに嘘を吐《つ》いた」

「どうして」

「そこだ。どうして、おれなんぞを頼ったのか。平野屋で小五郎は言った。夢枕に海坊主のすがたが浮かんだらしい。力自慢の海坊主が悪党どもを成敗してくれたそうだ。へへ、そんなはなし、信じられっか。小五郎の襟首を摑んで脅《おど》してやったら、別のはなしを白状した。何年かまえに偶《たま》さか日本橋の浮世《うきよ》小路《しようじ》で、おれが三人の通り者を懲《こ》らしめているのをみたとな」

これも何かの因縁《いんねん》、長元坊に頼めば、ひょっとしたら飼い主の富沢を始末してくれるかもしれないと、小五郎はおもったという。

「こっちのはなしは嘘じゃねえ。おれはやつの目をみて、そうおもった。たぶん、藁《わら》にも縋《すが》るおもいだったんだろうよ」

一方で、小五郎はまんがいちのことも考えていた。裏切りがばれたら、命はない。それゆえ、富沢に向かって、一万両のことを持ちだした。おりんの情夫《じようふ》だった破戒坊主が知っているかもしれぬと、苦しまぎれに嘘を吐いたのだ。

「一万両のはなしは、平野屋ではじめて聞いた。十八年前、小五郎は女衒《ぜげん》の役目を負わされ、おりんを腕ずく長屋に連れていった。そのとき、おりんから聞いたらしい。ところが、与太話《よたばなし》だとおもって黙っていた。そのはなしを、富沢にも告げたにちげえねえ。上手に罠を仕掛ければ、誘《おび》きだすことができる。自分にその役目をさせてくれと命乞《いのちご》いしたが、富沢には通用しなかった」

「小五郎は富沢に殺められたのか」

「ああ、それ以外にゃ考えられねえ」

知りすぎた密偵《いぬ》の末路は、悲惨だと言わねばなるまい。

「富沢はいざとなれば、小五郎殺しの罪をおれに擦《なす》りつけようとしたはずだ。でもな、ぐずぐずしていたら、飼い主の自分が疑われる恐れもあった。そこで、犬丸某《なにがし》に縄を打ち、手っ取り早く手柄をあげておくことにした。まあ、そんなところだろうよ」

いずれにしろ、子飼いの密偵を殺めたことで、富沢は墓穴を掘った。又兵衛の関心を引き、長元坊の恨みを買うことになったからだ。

「又よ、こっちが引導《いんどう》渡す番だぜ」

長元坊が意気込んだところへ、番太郎が大鍋を抱えてくる。

「どうにか揃えてまいりました」

「お、そうか」

「椎茸と焼き豆腐だけはありませんでした。ご勘弁を」

「仕方ねえ。あるもんで、ちょちょいとこさえてやるぜ」

自身番に竈《かまど》はないので、七輪《しちりん》に炭を入れておいた。

水を張った鍋は長火鉢の銅壺《どうこ》に置き、とりあえずは煮立つのを気長に待つ。

そのあいだに野菜を切り、ぶつ切りにした鴨肉を七輪の網《あみ》で軽めに炙った。

ちょちょいというわけにはいかぬものの、鍋が煮えてくると醬油と酒と砂糖で味をととのえ、煮えにくい野菜から順に投じていった。炭のほかに薪《たきぎ》も投じ、火力を増してやる。仕舞いに香ばしく焼いた鴨肉を鍋に入れ、蓋《ふた》をしてぐつぐつ煮た。

頃合いをみはからって蓋を取ると、部屋は出汁《だし》の匂いに包まれた。

木杓子《きじやくし》で茶碗に具と汁を入れ、さっそく熱々のところを頂戴する。

「ふほっ」

濃いめの汁が五臓六腑《ごぞうろっぷ》に染みわたり、手足のさきに心地よい痺れが走った。

「へへ、こいつを忘れちゃいけねえ」

長元坊は番太郎に顎《あご》をしゃくり、燗酒《かんざけ》で満たした銚釐《ちろり》を持ってこさせる。

ふたつ並べた欠け茶碗に注ぐと、ふたり揃って一気に呷ってみせた。

「ぷはあ、美味え。命の洗濯ってやつだぜ」

筏に乗って逃げなければ、今頃はどうなっていたかわからない。

美味い鴨鍋を食い、燗酒を呑むことができれば、命をかけた甲斐《かい》もあったというものだ。

「ま、そういうことにしとくか」

長元坊が言ったとおり、あとは悪党どもに引導を渡してやるだけだ。どうやって渡すのか、方策はひと眠りしたあとで考えればよい。

「へへ、持つべきものは何とやらだぜ」

長元坊は上機嫌で酒を啖《くら》いつづける。

又兵衛は夢でもみている気分だった。

そういえば、おりんの行方を摑むことはできたのだろうか。

めずらしく酔いのまわりが早く、又兵衛は問おうとおもっていたことをすっかり忘れていた。

十一

朝、常盤町の療治所《りようじしよ》に戻ると、部屋は何者かに荒らされていた。

「やっぱりな」

敵は長元坊の塒《ねぐら》を知っており、是が非でも捕まえる腹でいるのだ。うかうかしていたら、適当な罪状をつけられた人相書が出まわりかねない。焦る気持ちはあったが、とりあえずはふたりで霊岸島の『鶴之湯』へ向かい、朝風呂にゆっくり浸かったあと、長元坊は当面のあいだ屋根裏部屋で匿《かくま》ってもらうことにした。

八丁堀の屋敷に戻り、寝惚けた主税や亀に挨拶をしてから朝餉をとり、不安げな表情の静香に手伝わせて腰に大小を差すと、何食わぬ顔で数寄屋橋御門内の南町奉行所へ出仕《しゅっし》した。

御用部屋で帳面を捲《めく》りながら、終日じっくり考えれば、巧妙な手口のひとつくらいはおもいつく。

帰宅の頃合いになると、雪がちらちら舞いはじめた。

奉行所の大屋根は白い帷子《かたびら》を纏《まと》ったようになり、地面も白一色になっていたが、長屋門へとつづく六尺幅の青板だけは、小者たちが雪除《ゆきよ》けをしてくれたおかげできれいに露出している。

又兵衛は胸を張って御門を抜け、通りを渡って水茶屋のひとつを訪ねた。

「甚太郎はおるか」

「へい、ここに」

洟水を垂らした甚太郎に甘利屋宛ての文を預け、自慢の味噌《みそ》蒟蒻《こんにゃく》も食べずに背を向ける。

屋敷へは戻らず、まっすぐ霊岸島の『鶴之湯』へ向かい、長元坊と額を寄せあって段取りを打ち合わせたあと、帰路は遠回りして鉄炮洲のほうへ足を延ばした。

ひときわうだつの高い廻船問屋の『甘利屋』をちらりと覗いたが、肥えた悪相の主人を目にすることはできない。

「明日になれば、景色はがらりと変わる。首を洗って待っておるがいい」

同じ台詞を駿河台の闕所物奉行にも吐いてやる。

悪党ふたりを誘うさきは柳橋、平野屋ではなく、茶屋の手前に横たわる桟橋だ。

その夜は死んだように眠り、翌日は非番でもあったので、のんびりと午過《ひるす》ぎまで過ごす。

八つ刻（午後二時頃）、着流し姿で釣《つ》り竿《ざお》を担《かつ》ぎ、柳橋の桟橋まで歩いた。

空はあいかわらずの薄曇り、雪が降ってきそうな気配もある。

桟橋には大きな屋根船が一艘《そう》繫がれ、客が来るのを待っていた。

「雪見の客待ちかい」

「へえ」

船頭に声を掛けると、愛想《あいそ》笑いで応じてくれる。

「こんな寒い日に、船を出すのもしんどいな」

「へへ、商売なんで、ありがてえこってす」

「それにしても、酔狂《すいきょう》な客もいるものだ」

四方を障子に囲まれた部屋が設《しつら》えてあるとはいえ、冬の川遊びは寒すぎる。

桟橋の先端まで進むと、屋根船に酒や肴《さかな》を売るうろうろ舟が繋がっていた。

又兵衛がひょいと舟に乗ると、頬被《ほっかむ》りの船頭が巨体を寄せてくる。

「遅かったな」

長元坊であった。

銀煙管《ぎんぎせる》を喫《ふ》かし、小舟の片隅に顎をしゃくる。

野良着と手拭《てぬぐ》いが、無造作《むぞうさ》に置いてあった。

着流しのうえから野良着を纏い、手拭いで頬被りをすれば、船頭にみえなくもない。

屋根船の船頭は三人いるが、こちらには目もくれなかった。

「約束の刻限はもうすぐだな」

「ああ」

「ありがてえことに、川面は凪いでいるぜ。でもよ、闕所物奉行まで来るとおもうか」

「一万両が欲しけりゃ、甘利屋に誘われて来るだろうさ。何せ、ふたりで来るのが金を渡す条件だからな」

「もうひとつの条件は呑まねえだろうぜ」

「一万両は折半し、半分はこっちでいただく。たしかに、そんな条件を呑むようなら、悪党はやっておらぬだろうな」

「条件の代わりに、冷てえ川の水でも呑んでもらうとするか」

「やつらの罪状は明白、手加減は無用だ」

「へへ、そうこなくちゃな」

半刻（約一時間）ほど経過し、桟橋に肥えた人影があらわれた。

甘利屋磯六である。

強面《こわもて》の手下を四人も連れている。

さらに、少し遅れて、土手上に駕籠がやってきた。

降りてきた偉そうな人物は、闕所物奉行の藤堂頼母にちがいない。

藤堂はふたりの従者を左右にしたがえ、仏頂面《ぶっちょうづら》で桟橋に降りてくる。

甘利屋は米搗き飛蝗《こめつきばった》のように挨拶し、藤堂を屋根船に導いていった。

従者たちも船に乗り、甘利屋と手下たちも船上の客となる。

「おもったより大人数だな」

長元坊が薄笑いで吐いた。

雑魚《ざこ》が何人増えても、やるべきことは変わらない。

屋根船は纜《ともづな》を解いた。

総勢八人の客を乗せても、余裕で川面に漕ぎだす。

うろうろ舟も桟橋を離れ、屋根船の船尾を追いかけた。

小振りのほうが速く、棹《さお》と舵《かじ》を上手に操《あやつ》らねばならない。

これが存外に難しく、長元坊は腕に力瘤《ちからこぶ》をつくって乗りきった。

左舷《さげん》の斜め前方に目をやれば、蔵前の埠頭《ふとう》が櫛状《くしじょう》に並んでおり、綿帽子《わたぼうし》をかぶった首尾《しゅび》の松《まつ》もみえてくる。

「行くぞ」

「ほいきた」

うろうろ舟は水を切り、背後から屋根船の舷《ふなばた》に近づいた。

今戸橋の桟橋へ漕ぎつけろと、文には記してある。

まさか、物売りの連中が交渉相手とはおもうまい。

「買ってくだせえ。酒と肴にごぜえやす」

長元坊は棹で舷《ふなばた》を叩き、客たちの気を引いてみせる。

「満願寺《まんがんじ》の下り酒もごぜえやすよ。呑めばからだはほっかほか。肴は垂涎《すいぜん》の佃《つくだ》煮《に》で、食わなきゃ損というやつで」

巧みな口上につられ、甘利屋の手下が障子を開けて顔を出す。

長元坊は舷に二枚の板を渡し、船同士をしっかり繋ぎとめた。

「おい、酒と肴を寄こせ」

金を出そうとする手下の手首を摑み、力任せに引きこんでやる。

「うわっ」

手下は頭から川に落ち、ばしゃばしゃ水飛沫《みずしぶき》をあげて藻掻《もが》いた。

「あらあら、落ちちまった。早う、お仲間をお助けなされ」

長元坊は声を張り、乗りだしてきた手下ふたりの手首を摑んで引きこむ。

ふたりが川に落ちるのを眺め、又兵衛は板を渡って屋根船に乗り移った。

屋根船の船頭たちはおとなしく、抗おうとする者はいない。

残った手下ひとりと若い従者たちが顔を差しだした。

船がかたむいたので、船頭たちは反対側へ飛び移る。

「こっちが重すぎるみたいだな」

又兵衛はつぶやき、従者の背中をどんと押した。

「ぬわっ」

水飛沫が立ちのぼり、残った連中が不審の目をくれる。

「おぬしら、何者だ」

気づくのが遅かった。

長元坊も乗り移ってくる。

「こんにゃろ」

匕首《あいくち》を抜いた手下が、軽々と川へ放られた。

従者は刀を抜き、又兵衛に突きかかってくる。

「死ね」

「おっと」

容易く避けて相手の腕を取り、捻りあげて刀を奪う。

すかさず、長元坊が従者の襟首を摑み、こちらも川へ放りなげた。

ばしゃっと、一段と大きな水飛沫があがる。

溺《おぼ》れかけた連中は小舟の端に摑まり、唇をがたがた震わせていた。

又兵衛は奪った刀を右手に提《さ》げ、背を縮めて屋根の内へ踏みこむ。

「おぬし、何者じゃ」

吠えたのは、藤堂のほうだ。

「わしを闕所物奉行と知っての狼藉《ろうぜき》か」

双眸《そうぼう》を瞠《みは》り、脇差《わきざし》の柄に手を掛けた。

一方、甘利屋は事態が呑みこめぬようで、ぽかんと口を開けている。

又兵衛は藤堂に一歩近づき、落ちついた口調で言った。

「訴状の末尾に、姓名と花押《かおう》を書いてもらう」

懐中に手を入れ、分厚い訴状を取りだす。

十八年もつづけられてきた悪事が、そこには連綿《れんめん》と記されていた。

もちろん、中味を聞かされ、わかりましたと素直に筆を執《と》る悪党はいない。

「狼藉者め」

藤堂は脇差を抜き、立ちあがった途端に、頭を天井にぶつけた。

又兵衛はするっと身を寄せ、鳩尾《みぞおち》に当て身をくれて昏倒させる。

狼狽《うろた》えた甘利屋は這《は》って逃げたが、長元坊が壁となって立ちふさがった。

「おれのことがわかるか」

「ひぇっ、海坊主」

「おれに会いたかったんだろう。でもな、一万両なんざ、何処にもねえんだぜ」

「えっ」

「たぶん、池田屋は檀那寺に寄進した。おめえらは、泡と消えた一万両を欲しがっていたってわけさ。ふん、わかったか、悪党め」

「くうっ」

甘利屋は口惜《くちお》しげに顔を歪《ゆが》める。

長元坊は背を屈《かが》め、身を乗りだした。

「おめえも川に落ちたほうがよさそうだな」

「……ご、ご勘弁を」

「いいや、勘弁ならねえ」

襟首をむんずと摑むや、甘利屋は網で掬《すく》われた魚のように手足をばたつかせた。

「勘弁してほしいなら、悪事を一から十まで白状するこった。素直に吐けば、苦しまずに死ねる」

冷たい川で溺れるか、牢屋敷の土壇場《どたんば》で斬首されるか、甘利屋にはふたつの道しか残されていない。

一方、藤堂にはもうひとつ、切腹という道が残されている。

公儀の役人の悪事は表沙汰《おもてざた》にされぬため、縄を打たれても罪状は曖昧《あいまい》なまま、生死はみずからの判断に委《ゆだ》ねられるにちがいない。

そうなれば、武士に与えられる名誉とも言うべき切腹がみとめられる余地はあった。

後ろから抱えて活《かつ》を入れると、藤堂は鶏《にわとり》のように目を醒《さ》ます。

「覚悟を決めてもらおう」

残された道は切腹しかないと悟《さと》り、訴状の末尾に姓名と花押を書き入れた。

ようやく、みずからの過《あやま》ちを悟り、神妙な心持ちになったのかもしれない。

気づいてみれば周囲は暮れなずみ、船首のさきに今戸橋がみえてきた。

橋下の桟橋には、予想どおり、残るひとりの悪党が佇《たたず》んでいる。

相対《あいたい》して負ければ、すべてが徒労に終わることはわかっていた。

「ほれよ」

長元坊に手渡されたのは刃引刀ではなく、父から受け継いだ和泉守兼定である。

「又、頼んだぜ」

又兵衛は背中を押され、すっくと舳先《へさき》に立った。

十二

又兵衛が桟橋へ降りると、富沢卓四郎は訝《いぶか》しげに眉をひそめた。

「誰かとおもえば、例繰方の与力どのか。どうして、あんたがここにいる」

「説《と》くのも面倒だ。富沢卓四郎、おぬしの悪事は明々白々《めいめいはくはく》、闕所物奉行がすべての罪をみとめたぞ」

後ろに顎をしゃくれば、屋根船の奥に縛られたふたりが並んで座っている。

「ちっ」

富沢は舌打ちした。

「例繰方が隠密廻りのまねごとか」

「こっちのほうが一枚上手《うわて》なのさ」

「どうだか。あんたとあそこの海坊主を斬れば、形勢はひっくり返る」

「その意気だと言いたいところだが、神妙にお縄を頂戴したいと申すなら、望みを聞いてやってもよい」

「阿呆《あほ》か。内勤のもやし侍なんぞに、百戦錬磨《ひゃくせんれんま》の隠密廻りが負けるとでもおもうのか」

「過信は負けに通じる。それはあらゆる流派の教えだ」

「ふん、口の減らぬ与力どのだな」

「喋りは仕舞いだ。さあ、まいろう」

又兵衛は刀を抜かず、大胆に間合いを詰めた。

富沢は後退《あとずさ》り、懐中から妙な得物を取りだす。

「鎖鎌《くさりがま》か」

「わしは気楽流《きらくりゅう》の免状《めんじょう》持《も》ちでな、この鎌で悪党どもの首を何個も刈ってきた」

「子飼いの密偵《いぬ》だった小五郎も、鎌の峰《みね》で脳天を砕《くだ》いたのか」

「ああ、そうだ。用無しになった野鼠は、ああなる運命にあった。十八年前から、決まっておったことさ」

「十八年もこき使われたあげく、芥《ごみ》のように捨てられる。不運な小悪党が最後に放《ひ》った屁《へ》のおかげで、おぬしは地獄の淵《ふち》に立たされた」

「地獄の淵に立っているのは、あんたも同じだろう」

富沢は左手に鎌を持ち、右手を持ちあげて分銅鎖《ふんどうくさり》をまわしはじめた。

——ぶん、ぶん、ぶん。

鎖が音を起《た》ててまわりだすと、屋根船の船頭たちは尻をみせて逃げる。

長元坊は縛られたふたりの隣に座り、勝負の行方を見守っていた。

又兵衛は動じる素振りもみせず、爪先で徐々に躙《にじ》りよる。

富沢がまわす鎖の長さは、三尺五寸ほどであろうか。

踏みこみと腕の長さを考慮すれば、五間《けん》までは近づけよう。

ためしに間合いを越えると、分銅が眉間めがけて飛んできた。

——ひゅん。

気楽流の虎乱日月砕《こらんにちげつくだ》き、仰《の》け反《ぞ》って避けねば眉間を割られていたにちがいない。

鎖はたちまちに回収され、富沢はすぐさま鎖を旋回《せんかい》させはじめる。

——ぶん、ぶん、ぶん。

闇雲《やみくも》に踏みだせば足搦《あしがら》み古木倒《こぼくたお》しの一撃を食い、刀を抜いて突いて出れば太刀《たち》搦《がら》みから小手斬《こてぎ》りを見舞われるであろう。

おもった以上に、厄介な相手だ。

後ろから、長元坊の溜息が聞こえてくる。

「ほれ、どうした。さきほどまでの威勢は失《う》せたか」

と、富沢も煽《あお》ってきた。

もちろん、威勢は失せていない。

又兵衛は刀を抜かぬまま、間合いを支配しようとしている。

富沢にも肌でそれがわかるので、無理に攻めてはこない。

おそらく、こちらの太刀筋を読もうとしているはずだが、読んだら負けに近づくことを、又兵衛は知っていた。

相手が焦れるまで待ち、耐えきれずに動きだそうとする寸毫《すんごう》の間をとらえる。

いざ、こちらが動いたときは、数手さきまでの流れが決まっていた。

筏に乗って川面を流されていくようなものだ。

荒れ狂う奔流にたいし、抗う術《すべ》はない。

気の流れに身を任せ、何も考えずに動く。

それが真剣勝負で勝ち残る骨法《こつ》なのだ。

「ふっ」

富沢が気息《きそく》を吐いた。

——今。

寸毫の間をとらえ、又兵衛は白刃《はくじん》を抜く。

誘いの一手に反応し、富沢は鎖を投げつけた。

——ひゅん。

先端の分銅が眼前に迫る。

抜いた白刃に絡みつくはずだったが、兼定は半分しか抜かれておらず、分銅は同時に引き抜かれた黒鞘《くろざや》のほうに絡みつく。

「ぬおっ」

富沢が鎖を引きよせるや、鞘だけが中空《ちゅうくう》に飛んでいった。

又兵衛は兼定の峰を肩に担ぎ、相手の懐中へ飛びこむ。

「そりゃっ」

気合いを発したのは、富沢のほうだった。

鋭利な鎌の刃が、斜めから襲いかかってくる。

これを受けずに斬るのが、香取神道流の真髄《しんずい》であった。

攻防一如《こうぼういちにょ》の剣理は、死を恐れずに踏みこむ一刀にこそ隠されている。

又兵衛は白刃を高々と振りかぶらず、巻き太刀《まきだち》からすっと袈裟《けさ》に斬った。

――ばすっ。

速い。

太刀筋がみえなかった。

脱力の一刀は、切っ先を一寸伸ばすと言われている。

富沢は太刀筋を見切り、仰け反って避けようとした。

常ならば避けられたかもしれない。

だが、肩口から胸を斬られなかったというだけだ。

又兵衛の繰りだした一刀は、右手首を断っていた。

夥《おびただ》しい血飛沫《ちしぶき》が散り、富沢は絶叫する。

「ぎぇえええ」

近くの店の表口から、奉公人たちが飛びだしてきた。

「どうした」

「人が斬られたぞ」

又兵衛は添樋《そえび》に溜まった血を振り、野良着の袖でしっかりと拭《ぬぐ》う。

そして、白刃を右手に提げ、奉公人たちに頼んだ。

「手当てが早ければ助かる。医者を呼んでやってくれ」

又兵衛はみずからも身を寄せ、止血の処置だけは施《ほどこ》してやった。

奉公人たちは富沢を急いで戸板に乗せ、店のほうに運んでいく。

船中に縛られたふたりは蒼白《そうはく》になり、ことばを失っていた。

「ふん、中途半端に生かしやがって」

長元坊は悪態を吐《つ》き、甘利屋の頭をぺしっと叩いた。
富沢が命を取り留めたら、あらためて縄を打ってやればよい。
訴状にも名は載せてあるので、もはや、逃れる術《すべ》はなかろう。
桟橋の片隅に近づけば、分銅鎖を握ったままの片手が落ちていた。
「忘れ物をしおったな」
又兵衛は苦い顔で屈み、黒鞘に絡みついた鎖を解く。
鞘を拾いあげると、見事な手捌《てさば》きで兼定を納刀した。
「お見事」
長元坊が嬉しそうにうなずいている。
桟橋は薄闇に閉ざされ、しんしんと降る雪が静けさを際立たせた。
そういえば、おりんはみつかったのであろうか。
長元坊には今度こそ、肝心なことを問わねばなるまい。
又兵衛はぎゅっと襟を寄せ、友の待つ屋根船に乗りこんだ。

十三

年の瀬を迎えた江戸の空は、からりと晴れわたっている。

露地には狐舞《きつねまい》や太神楽《だいかぐら》などが繰りだし、餅搗《もちつ》きの勇《いさ》ましい掛け声も聞こえてきた。

平手家の門口には柊《ひいらぎ》の小枝に鰯《いわし》の頭を刺した邪気払いが飾られ、歳《とし》の市《いち》で求めた門松《かどまつ》や注連飾《しめかざ》りなどの縁起物も見受けられる。

又兵衛は着流し姿で屋敷をあとにし、常盤町の療治所へ向かった。

今日こそは長元坊の尻を叩き、十八年前の清算をさせねばならない。

すでに、悪党どもへの仕置きは終わっていた。

闕所物奉行の藤堂頼母は切腹し、廻船問屋の甘利屋磯六は斬首となった。一方、隠密廻りの富沢卓四郎も切腹の沙汰を下されたものの、右手が使えぬために左手で扇子腹《せんすばら》を余儀なくされ、斬首と変わらぬやり方で刑場の露《つゆ》と消えた。

富沢は北町奉行直下の隠密廻りであった。南町奉行としてはその点を配慮せねばならず、又兵衛の手柄は無かったことにされた。それどころか、本来の役目を全《まっと》うせず得手勝手《えてかって》に探索をおこなったことが吟味方の怒りを買い、年内謹慎《きんしん》というかなり厳しい沙汰を下されたのである。

療治所のまえには雪兎が築かれ、小童《こわっぱ》たちが子犬のように走りまわっている。それを入口脇の陽だまりから、三毛猫の長助が眠そうな眸子《まなこ》で眺めていた。

長元坊は損料屋《そんりようや》から借りた紋付《もんつき》を羽織《はお》り、のっそり表口から顔を出す。

「そろそろ来る頃だとおもったぜ」

「覚悟を決めたみたいだな」

「十八年前の亡霊を振り払うには、やっぱし会うっきゃねえかんな」

行く先は京橋南紺屋町《みなみこんやちよう》の裏店《うらだな》、目と鼻のさきである。

長元坊は千住宿で根気よく聞きこみをおこない、おりんの行き先を調べあげていた。

「千住の宿場を離れたのは七年前だ。おりんは仲居をやっていて、旅籠の手代と恋仲になった」

手代は生真面目《きまじめ》な男だった。そもそもは紺屋《こうや》の次男坊で、自分で店を開きたいとおもっていた。そこで、名の知られた京橋の紺屋に職人として弟子入りしたのだが、その際におりんと所帯を持ったという。

「おりんを知る仲居から聞いたのさ。それにしても、これほど近くに住んでいようとはな。奇妙な縁だぜ」

再会したところで、十八年前のおりんには戻るまい。もちろん、新しい暮らしを壊す気はさらさらないが、長元坊は会ってひとことだけ言ってやりたいらしかった。

「気にするな。おれも気にしちゃいねえ。ひとこと、そう言ってやりてえのさ」

面と向かって気持ちを伝えてやれば、十八年の長きにわたって抱えこんだわだかまりも解消されよう。自分の気持ちに区切りをつけるためにも、長元坊はおりんに会わねばならぬと、又兵衛もおもった。

「やっぱ止めようかな」

京橋を渡ったところで、長元坊は足を止める。

弱気の虫に囁かれ、何度踵《きびす》を返したことか。

「今日という今日は帰さぬからな」

又兵衛は袖を摑み、長元坊の巨体を引っぱった。

会いたい気持ちは山々だが、すがたをみせる勇気がない。十八年も経って今さらという気持ちと、十八年経っても消すことのできない気持ちとが、激しくせめぎあっているのだろう。

「会わずに年を越せるのか」

「くそっ」

長元坊は観念し、ふたたび、前へ歩みだす。

大路の右手には、紺屋が何軒か並んでいた。

表から内を覗けば、職人たちが忙しげにはたらいている。瓶《かめ》に腕を入れて布を染めるため、みな、肘《ひじ》から下が青く変色していた。

おりんの旦那も、腕の青い紺屋職人のひとりなのだろう。

長元坊は右手の横道を曲がり、露地裏へと進む。

次第に歩幅が狭くなり、つんのめるように止まってしまった。

すぐさきを左手に曲がれば、おりんの住む裏店へたどりつくのだろう。

「さあ、行け」

又兵衛は背中を押した。

長元坊は酔蟹《よいがに》のような足取りになり、辻《つじ》まではどうにか行きつく。

又兵衛も緊張の面持《おもも》ちで後ろにつづいた。

ふたりで勇気を奮《ふる》い起こし、ひょいと辻角を曲がる。

棟割《むねわり》長屋へとつづく木戸を潜ると、中ほどに位置する部屋の前に大きな雪兎が立っていた。

白い雪のうえに、青い手の痕《あと》がいくつも見受けられる。

まちがいない、紺屋職人がつくった雪兎であった。

「お坊さん、何してんの」

後ろから、幼子《おさなご》の声が聞こえてくる。

振りかえれば、五つか六つほどの童女が立っていた。

愛らしく小首をかしげ、くっと胸を張ってみせる。

「その雪兎、おとうがこさえたんだ」

長元坊は口をあんぐりと開けたまま、金縛《かなしば》りにあったように動かない。

かつて恋情《おもい》を抱いた相手と、面影《おもかげ》が重なったのだろう。

「……お、おりん」

つぶやいた台詞に、童女が賢《さか》しげに応じた。

「おっかさんなら、空に行っちまったよ」

「えっ」

「半年前に病でね。でも、いつかまた会えるって、おとうは言った。だから、雪兎にお祈りしてんのさ。年が明けたら会えるようにってね」

長元坊の双眸《そうぼう》から、じわりと涙が溢《あふ》れてきた。

又兵衛は我慢できず、下を向いてしまう。

――人生ってのはこんなもんだ。運命に抗うことはできねえ。

耳に心の声が聞こえてくる。

長元坊は涙を拭《ふ》き、童女の頭を撫《な》でてやった。

「おめえ、名は何というんだ」

「おゆきだよ。降る雪と幸せの幸《ゆき》の両方の意味だって」

「そうかい、おゆきか、いい名だな」

「うん、ありがとう」

「おっかさんは、きっと帰ってくる。いい子にして待っているんだぜ」

「うん」

遊び仲間がやってきて、おゆきを木戸の向こうへ連れていった。

「わああ」

子どもたちの元気な声を聞きながら、長元坊は雪兎に深々と祈りを捧《ささ》げている。

懸命に気持ちの整理をつけようとするそのすがたに、又兵衛は胸を打たれた。

「さあ、行こうぜ」

長元坊に肩を叩かれ、又兵衛は歩きはじめる。

ことさら明るくふるまう友の様子が切なすぎ、鉛《なまり》を履いたように足取りは重い。

と、そこへ、割竹《わりだけ》やささらを打ち鳴らす賑やかな音が近づいてきた。

子どもたちに先導されて木戸の内へ飛びこんできたのは、襤褸《ぼろ》を纏った節季候《せきぞろ》たちにほかならない。

「ええ節季ぞろ節季ぞろ、さっさござれや、ござれやござれや、まいねんまいねん、毎年毎年、旦那の旦那の、お庭へお庭へ、飛びこみ飛びこみ、はねこみはねこみ……」

武家でもなければ、商家でもない。銭にもならぬ貧乏長屋へ紛《まぎ》れこんだ節季候が、鬱々《うつうつ》とした気持ちを晴らしてくれた。

「人生ってのはこんなもんだ。運命に抗うことはできねえ」

長元坊はおもったとおりの台詞を吐き、朗《ほが》らかに笑ってみせる。

又兵衛も笑った。笑いながら、涙がこぼれて仕方なかった。

この作品は双葉文庫のために書き下ろされました。

双葉文庫

さ-26-53

はぐれ又兵衛例繰控《またべえれいくりびかえ》【七】

為《な》せば成《な》る

2023年6月17日　第1刷発行

【著者】
坂岡真《さかおかしん》

【発行者】
箕浦克史
【発行所】
株式会社双葉社
〒162-8540 東京都新宿区東五軒町3番28号
［電話］03-5261-4818(営業部)　03-5261-4868(編集部)
www.futabasha.co.jp(双葉社の書籍・コミックが買えます)
【印刷所】
中央精版印刷株式会社
【製本所】
中央精版印刷株式会社

【フォーマット・デザイン】
日下潤一

ISBN978-4-575-67161-2 C0193
Printed in Japan

坂岡真

帳尻屋始末
抜かずの又四郎

長編時代小説
〈書き下ろし〉

訳あって脱藩し、江戸に出てきた琴引又四郎は闇に巣くう悪に引導を渡す、帳尻屋と呼ばれる人間たちと関わることになる。期待の第一弾。

坂岡真

帳尻屋始末
つぐみの佐平次

長編時代小説
〈書き下ろし〉

「帳尻屋」の一味である口入屋の蛙屋忠兵衛と懇意になった琴引又四郎は、越後から女房を捜しにやってきた百姓吾助と出会う。好評第二弾。

坂岡真

帳尻屋始末
相抜《あいぬ》け左近

長編時代小説
〈書き下ろし〉

善悪の帳尻を合わせる「帳尻屋」には奉行所が絡んでいる!? 蛙屋忠兵衛を手伝ううち、又四郎は〈殺生石〉こと柳左近の過去を知ることに。

坂岡真

帳尻屋仕置【一】
土風《つちかぜ》

長編時代小説
〈書き下ろし〉

凶事の風が荒ぶとき、闇の仕置が訪れる――。蔓延る悪に引導を渡す、熱き血を持つ男たちの姿を描く痛快無比の新シリーズ、ここに参上!

坂岡真

帳尻屋仕置【二】
婆威《ばばおど》し

長編時代小説
〈書き下ろし〉

小舟に並んだ若い男と後家貸しの女の屍骸。ただの相対死にとは思えぬ妙な取り合わせに不審を抱いた蛙屋忠兵衛は――。注目の第二弾!

坂岡真

帳尻屋仕置【三】
鈍刀《どんとう》

長編時代小説〈書き下ろし〉

両国広小路で荒岩三十郎という浪人と知りあった忠兵衛は、荒岩の確かな腕と人柄を見込み、帳尻屋の仲間に加えようとするが——。

坂岡真

帳尻屋仕置【四】
落雲雀《おちひばり》

長編時代小説〈書き下ろし〉

帳尻屋の仲間として、忠兵衛たちとともに数々の修羅場を潜ってきた不傳流の若武者琴引又四郎に、思わぬ決断のときが訪れる。

坂岡真

帳尻屋仕置【五】
凶賊

長編時代小説〈書き下ろし〉

両替商が押しこみに遭い一家惨殺という事件が起きた。賊の龍神一味を捜すよう命じられた忠兵衛は訪れた先で島帰りらしき男を見掛ける。

坂岡真

帳尻屋仕置【六】
吠《ほ》え面《づら》

長編時代小説〈書き下ろし〉

帳尻屋の仲間のおくうに縁談が持ちあがった。戸惑いつつも、おくうの幸せを願う忠兵衛だが直後に相手の男、三太郎が奇禍に遭い——。

坂岡真

帳尻屋仕置【七】
激突

長編時代小説〈書き下ろし〉

江戸市中が飢饉の影響で混迷を極めるなか、帳尻屋を襲う未曾有の大嵐。最凶の敵を相手にした空前絶後の闘い。結末はいかに——!?

坂岡真

照れ降れ長屋風聞帖【十五】

龍《りゅう》の角凧《かくだこ》

長編時代小説

元風烈廻り同心八尾半兵衛は芝浜で凧を上げる童子、丸子龍一郎と心通わせる。のちに半兵衛は丸子父子の背負う苛烈な宿命を知ることに。

坂岡真

照れ降れ長屋風聞帖【十六】

妻恋の月

長編時代小説

長八とおつねというおしどり夫婦が照降長屋に越してきた。だが、おつねは頼母子講の金を盗んだとして捕らえられてしまい……。

坂岡真

照れ降れ長屋風聞帖【十七】

曰窓《いわくまど》

長編時代小説

相次いで殺された侍たちの懐には木彫りの猿と葛の葉が。下手人の残した暗示と真の悪をあばくべく熱き同心魂を胸に半四郎はひた奔る！

坂岡真

照れ降れ長屋風聞帖【十八】

まだら雪

長編時代小説

三左衛門の長女おすずが嫁入りした。幸せも束の間、元同心・半兵衛が行方知れずになり……。泣き笑いの傑作時代小説新装版、堂々完結！

坂岡真

はぐれ又兵衛例繰控《れいくりびかえ》【一】

駆込み女

長編時代小説〈書き下ろし〉

南町の内勤与力、天下無双の影裁き！「はぐれ」と呼ばれる例繰方与力が頼れる相棒と悪党退治に乗りだす。令和最強の新シリーズ開幕！

坂岡真
はぐれ又兵衛例繰控《れいくりびかえ》【二】
鯖《さば》断《だ》ち
長編時代小説〈書き下ろし〉

長元坊に老婆殺しの疑いが掛かった。南町の協力を得られぬなか、窮地の友を救うべく奔走する又兵衛のまえに、大きな壁が立ちはだかる。

坂岡真
はぐれ又兵衛例繰控《れいくりびかえ》【三】
目白鮫《めじろざめ》
長編時代小説〈書き下ろし〉

前夫との再会を機に姿を消した妻静香。捕縛した盗賊の疑惑の牢破り。すべての因縁に決着をつけるべく、又兵衛が決死の闘いに挑む。

坂岡真
はぐれ又兵衛例繰控《れいくりびかえ》【四】
密命にあらず
長編時代小説〈書き下ろし〉

非業の死を遂げた父の事件の陰には思わぬ事実が隠されていた。父から受け継いだ宝刀和泉守兼定と矜持を携え、又兵衛が死地におもむく！

坂岡真
はぐれ又兵衛例繰控《れいくりびかえ》【五】
死してなお
長編時代小説〈書き下ろし〉

殺された札差の屍骸のそばに遺された、又兵衛の義父、都築主税の銘刀。その陰には、気高く生きる男の、熱きおもいがあった——。

坂岡真
はぐれ又兵衛例繰控《れいくりびかえ》【六】
理不尽なり
長編時代小説〈書き下ろし〉

女房を守ろうとして月代侍を殺めてしまった男に下された理不尽な裁き。夫婦の無念のおもいを胸に、又兵衛が復讐に乗りだす——。